PRE-TEXTOS

Figura 1. Retrato de Hölderlin com 16 anos,
desenho a lápis colorido, 1786.

17

GIORGIO AGAMBEN

PRE-TEXTOS 17

Giorgio Agamben
A loucura de Hölderlin – crônica de uma vida habitante 1806-1843
La follia di Hölderlin – cronaca di una vita abitante 1806-1843

© Editora Âyiné, 2022
© Giulio Einaudi editore s.p.a., Torino, 2021

Tradução: Wander Melo Miranda
Preparação: Leandro Dorval Cardoso
Revisão: Mariana Delfini, Fernanda Alvares
Fotografia da capa: Diambra Mariani, Lucernario, 2022
Projeto gráfico: Luísa Rabello
Produção gráfica: Clarice G Lacerda

ISBN 978-85-92649-96-8

Âyiné

Direção editorial: Pedro Fonseca
Coordenação editorial: Luísa Rabello
Coordenação de comunicação: Clara Dias
Assistente de comunicação: Ana Carolina Romero
Assistente de design: Lila Bittencourt
Conselho editorial: Simone Cristoforetti,
Zuane Fabbris, Lucas Mendes

Praça Carlos Chagas, 49 — 2º andar
30170-140 Belo Horizonte, MG
+55 31 3291-4164
www.ayine.com.br
info@ayine.com.br

17

GIORGIO AGAMBEN

A loucura de Hölderlin
Crônica de uma vida habitante
1806-1843

TRADUÇÃO
Wander Melo Miranda

Âyiné

SUMÁRIO

Advertência   11

Limiar   13

Prólogo   19

Crônica (1806-1843)   59

Epílogo   213

Lista dos livros de Hölderlin
na casa de Nürtingen   235

Bibliografia   239

Lista de ilustrações   243

Figura 2. Anônimo. *Vista da cidade de Tübingen*, aquarela e têmpera, metade do século XVIII. A torre de Hölderlin é a primeira à esquerda.

No seu quadragésimo ano, Hölderlin crê aconselhável, cheio de tato,
perder sua humana razão.
R. Walser

Sua casa é uma loucura divina.
Hölderlin, trad. de *Ájax*, de Sófocles

Quando longe vai a vida habitante dos homens...
Hölderlin, *A vista*

Viesse
viesse um homem
viesse um homem ao mundo
hoje, com
a barba de luz dos
patriarcas: deveria,
se falasse deste
tempo, poderia
só gaguejar e gaguejar
sempre sempre a a
(Pallaksch. Pallaksch).
Celan, *Tübingen, Jänner*

ADVERTÊNCIA

Os documentos para a crônica da vida de Hölderlin foram extraídos principalmente das seguintes coletâneas:

HÖLDERLIN, F. *Sämtliche Werk: Grosse Stuttgarter Ausgabe*. Ed. F. Beissner e A. Beck. Stuttgart: Cotta-Kohlammer, 1968-1974. v. 7 (*Briefe-Dokumente*, t. 1-3, 1968-1974).

HÖLDERLIN, F. *Sämtliche Werk: Kritische Textausgabe*. Ed. D. E. Sattler. Darmstadt e Neuwied: Luchterland, 1984. v. 9 (*Dichtungen nach 1806. Mündliches*).

BECK, A.; RAABE, P. (ed.). *Hölderlin. Eine Chronik in Text und Bild*. Frankfurt am Main: Insel, 1970.

WITTKOPP, Gregor (ed.). *Höldelin der Pflegsohn. Texte und Dokument 1806-1843*. Stuttgart: J. B. Metzler, 1993.

A cronologia histórica que foi justaposta à vida de Hölderlin nos primeiros quatro anos (1806-1809) deriva principalmente, no que concerne à vida de Goethe, de *Goethes Leben von Tag zu Tag, Eine dokumentarische Cronik*. (Zurique: Artemis Verlag. v. 1-8, 1982-1996. Preferimos interromper a cronologia histórica em 1809 porque nos pareceu que a contraposição à vida habitante de Hölderlin estivesse, desse modo, suficientemente exemplificada. O leitor que quiser saber mais pode continuar folheando, além da citada *Vida de Goethe dia a dia*, qualquer atlas histórico.

LIMIAR

No ensaio sobre o *Narrador*, Benjamin define, nestes termos, a diferença entre o historiador, que escreve história, e o cronista, que a narra: «O historiador é levado a explicar, de um modo ou de outro, os eventos dos quais se ocupa; não pode limitar-se a apresentá-los como modelos da história do mundo. É exatamente o que o cronista faz, sobretudo seus representantes clássicos, os cronistas medievais, que foram os precursores dos historiadores modernos. Colocando como fundamento de suas narrativas históricas o plano divino da salvação, em si imperscrutável, eles se liberaram com antecedência do ônus de uma explicação demonstrável. Seu lugar é assumido pela interpretação (*Auslegung*), que não se ocupa da exata concatenação de determinados acontecimentos, mas do modo como se inserem no grande e imperscrutável curso do mundo». Que depois o curso do mundo seja determinado pela história da salvação ou, ao contrário, seja puramente natural, não faz, para o cronista, nenhuma diferença.

As leituras dos muitos livros que, do final da Idade Média, chegaram-nos com a rubrica de «crônica», alguns dos quais já têm, sem dúvida, um caráter histórico, confirmam essas considerações e sugerem integrá-las com certa precisão. A primeira delas diz que uma crônica pode conter uma explicação dos eventos que narra, mas essa é, em regra, claramente separada de sua narração. Enquanto, em texto certamente histórico como a *Cronica*, de Matteo Villani (cerca da metade do século XIV), narração e explicação dos fatos procedem em estreita conexão, na coeva crônica dos mesmos fatos redigida em vulgar romano por um cronista anônimo, elas são expressamente separadas, e justamente essa separação dá à narrativa seu vivo e inconfundível caráter cronístico:

> Corria o ano do Senhor MCCCLIII, da quaresma, de sábado de fevereiro: subitamente levantou-se uma voz pelo mercado de Roma: «Povo, povo!». A essa voz, os Romanos correram para lá e para cá como demônios, incendidos de péssimo furor. Lançaram-se logo ao palácio: puseram-se a roubar, especialmente os cavalos do senador. Quando o conde Bertollo delli Orsini ouviu o barulho, pensou escapar e salvar-se em casa. Armou-se com todas as armas, elmo reluzente, esporas no pé, como barão. Descia pelos degraus para montar a cavalo. A gritaria e a fúria convergiram para o desventurado senador. Mais pedras e calhaus chovem em cima dele, como frutas que caem das árvores. Uns lhe dão, outros lhe ameaçam. Zonzo o senador pelos muitos golpes, não lhe bastava cobrir-se com suas armas. No entanto, teve força de ir a pé para o palácio onde estava a imagem de Santa Maria. Lá, pelas muitas pedradas, a virtude desfaleceu-lhe. Então o povo, sem misericórdia e sem lei, findou-lhe os dias naquele lugar, chutando-o como a um cão, jogando-lhe pedras na cabeça como a Santo Estêvão. Lá, o conde passou dessa vida excomungado. Não fez nenhum movimento. Assim que foi morto, arrebentado, todo mundo voltou para casa. (Seibt, 2000, p. 13)

Nesse ponto, a narração se interrompe e, bem separada por uma incongruente frase em latim, o cronista introduz uma fria e racional explicação: «A razão de tanta severidade foi que esses dois senadores viviam como tiranos. Lá, eles eram difamados, porque mandavam trigo para fora de Roma pelo mar»; mas essa explicação é tão pouco vinculativa que o cronista acrescenta logo outra, segundo a qual a violência do povo era uma punição pela violação das «coisas da Igreja» (Seibt, p. 13). Enquanto, para o historiador, todo fato leva uma assinatura que o remete a um processo histórico exclusivamente no qual encontra seu sentido, as razões que o cronista oferece servem apenas para fazê-lo retomar o fôlego antes de recomeçar a narrativa, que, em si, não tem nenhuma necessidade dele.

A segunda especificação concerne à exata «concatenação» cronológica dos acontecimentos, que o cronista, em verdade, não ignora, mas também não se limita a inserir no contexto da história natural. Assim, no exemplo que Benjamin traz do *Tesouro*, de Hebel, a maravilhosa história do encontro da mulher envelhecida com o cadáver do jovem noivo que o gelo manteve intacto é inserida em uma série temporal na qual os eventos históricos e os naturais são justapostos, e o terremoto de Lisboa e a morte da imperatriz Maria Teresa, e o giro das pás do moinho e as guerras napoleônicas, e a semeadura dos camponeses e o bombardeamento de Copenhague são colocados no mesmo plano. Do mesmo modo, as crônicas medievais escandem o decurso dos eventos históricos seja com as datas do *Anno Domini*, seja com o ritmo dos dias e das estações: «ora se faz dia», «no pôr do sol», «eram então as vindimas. A uva estava madura. As pessoas pisavam-na». Os eventos que estamos habituados a privilegiar como históricos não têm, na crônica, um nível diverso daqueles que inscrevemos na esfera insignificante da vida privada. Diferente é, porém, o tempo no qual ela coloca os eventos, que não foi construído, como o histórico, por uma cronografia que o extraiu, de uma vez por todas, do tempo da natureza. É, antes, o mesmo tempo que mede o fluir de um rio ou o suceder das estações.

Isso não significa que os eventos narrados pelo cronista sejam eventos naturais. Eles parecem, antes, colocar em questão a própria oposição entre história e natureza. Entre a história política e a história natural, ele insinua uma terceira, que não parece estar nem no céu nem na terra, mas que lhe diz respeito muito de perto. O cronista não conhece, de fato, a diferença entre as ações dos homens (as *res gestae*) e sua narrativa (a *historia rerum gestarum*), quase como se o gesto do narrador fizesse parte, de pleno direito, das primeiras. Por isso, quem o lê ou escuta não pode pensar em se perguntar se a crônica é falsa ou verídica. O cronista não inventa nada e, no entanto, não tem necessidade de verificar a autenticidade de suas fontes, às quais o historiador não pode, ao contrário, em nenhum caso, renunciar. Seu único documento é a voz — a sua e aquela da qual lhe ocorreu ouvir, por sua vez, a aventura, triste ou alegre, a que se está referindo.

O recurso à forma literária da crônica tem, no nosso caso, um significado adicional. Como o título da poesia *Hälfte des Lebens* parece profeticamente sugerir, a vida de Hölderlin é dividida exatamente em duas metades: os 36 anos de 1770 a 1806, e os 36 anos de 1807 a 1843, os quais passou, como louco, na casa do marceneiro Zimmer. Se, na primeira metade, o poeta, que temia estar muito distante da vida comum, vive no mundo e participa, na medida de suas forças, das vicissitudes de seu tempo, passa a segunda metade de sua existência completamente fora do mundo, como se, apesar das visitas esporádicas que recebe, um muro separasse-a de todas as relações com os eventos externos. É sintomático que, quando um visitante pergunta-lhe se estava contente com o que ocorria na Grécia, ele responde apenas, segundo um cenário já habitual: «Majestades reais, a isso não devo, não posso responder». Por razões que talvez resultem, no final, claras para quem lê, Hölderlin decidiu eliminar todo caráter histórico das ações e dos gestos de sua vida. Segundo o testemunho de seu mais antigo biógrafo, ele repetia obstinadamente: «*Es geschieht mir nichts*», literalmente: «Não me acontece nada». Sua vida pode ser apenas objeto de crônica, não de uma investigação histórica e muito menos de uma análise clínica ou psicológica. A publicação de documentos sempre novos sobre aqueles anos (é de 1991 um importante achado nos arquivos de Nürtingen) tem, nesse sentido, um caráter incongruente e não parece acrescentar nada ao conhecimento que podemos ter deles.

Encontra-se aqui confirmado o princípio metodológico segundo o qual o teor de verdade da vida não pode ser definido exaustivamente em palavras, mas deve, de algum modo, permanecer escondido. Ele se apresenta, antes, como o ponto de fuga infinito ao qual convergem os múltiplos fatos e os episódios, que são os únicos possíveis de serem formulados discursivamente em uma biografia. O teor de verdade de uma existência, embora permaneça informulável, manifesta-se constituindo essa existência como «figura», ou seja, como algo que alude a um significado real, mas velado. Somente no momento em que percebemos, nesse sentido, uma vida como figura, todos os episódios em que ela parece consistir são compostos em sua contingente verossimilhança — isto é, abdicam de toda pretensão de poder fornecer um acesso à verdade daquela vida. Em seu mostrar-se metodicamente como não via, *a-methodos*, eles indicam, não obstante pontualmente, a direção que o olhar do pesquisador deve seguir. Nesse modo, a verdade de uma existência atesta-se irredutível às vicissitudes e às coisas pelas quais ela se apresenta a nossos olhos, os quais devem, para tanto, sem delas se desviarem de todo, contemplar o que, naquela existência, é somente figura. A vida de Hölderlin na torre é a verificação implacável desse caráter figural da verdade. Embora esta pareça fluir de uma série de eventos e de hábitos mais ou menos insignificantes, que os visitantes obstinam-se em descrever minuciosamente, nada pode verdadeiramente lhe acontecer: *Es geschieht mir nichts*. Na figura, a vida é puramente cognoscível e, por isso, não pode nunca se tornar, como tal, objeto de conhecimento. Expor uma vida como figura, como buscará fazer esta crônica, significa renunciar a conhecê-la, para mantê-la em sua inerme, indelével cognoscibilidade.

Daí a escolha de justapor exemplarmente a *crônica* dos anos da loucura à cronologia da coeva *história* da Europa (mesmo em seus aspectos culturais, dos quais Hölderlin — pelo menos até a publicação, em 1826, de suas *Poesias*, aos cuidados de Ludwig Uhland e Gustav Schwab — é completamente excluído). Se e em que medida, nesse caso — e, talvez, em geral —, a crônica é mais verdadeira do que a história, é uma questão que cabe ao leitor decidir. Em todo caso, sua verdade dependerá principalmente da tensão que, afastando-a da cronologia histórica, torna-a duravelmente impossível de arquivamento.

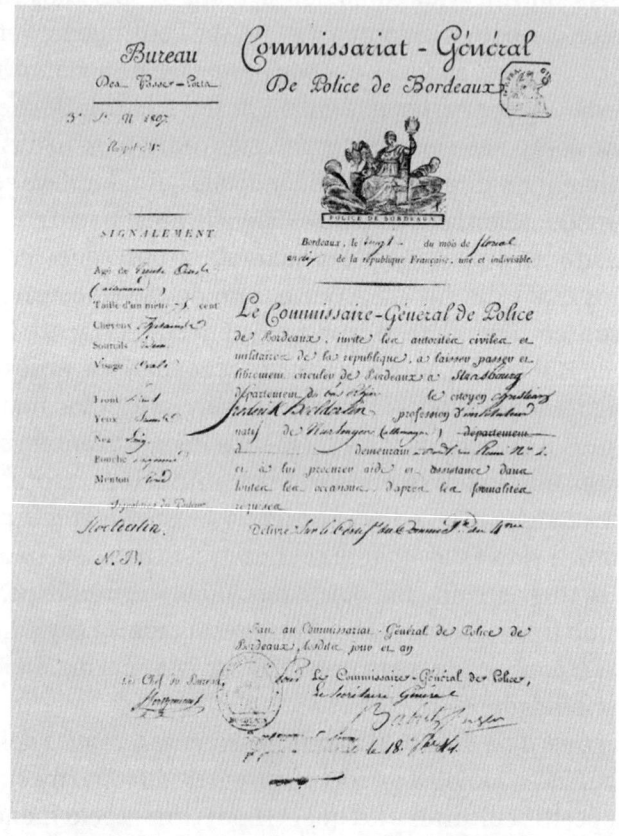

Figura 3. Salvo-conduto da polícia de Bordeaux, 1802.

PRÓLOGO

Por volta da metade de maio de 1802, Hölderlin, que, por razões que não conhecemos, havia abandonado o posto de tutor na família do cônsul Meyer em Bordeaux, que ocupara por apenas três meses, pede um passaporte e põe-se a viajar a pé em direção à Alemanha, passando por Angoulême, Paris e Estrasburgo, onde, em 7 de junho, a polícia lhe dá um salvo-conduto. Entre o final de junho e os primeiros dias de julho, em Stuttgart, um homem «pálido como um cadáver, macilento, com os olhos selvagens e encavados, a barba e os cabelos compridos, vestido como um mendigo», apresenta-se na casa de Friedrich Matthisson, proferindo, «com voz cavernosa», uma só palavra: «Hölderlin». Pouco depois, chega à sua casa materna, em Nürtigen, em um estado que uma biografia escrita cerca de quarenta anos depois descreve com estas palavras: «Apareceu com uma expressão perturbada e gestos furiosos, na condição da mais desesperada loucura (*verzweifeltsten Irrsinn*), e com uma roupa que parecia confirmar sua declaração de ter sido assaltado durante a viagem».

Em 1861, o escritor Moritz Hartmann publicou na «revista ilustrada para as famílias» *Freya*, com o título de *Hipóteses* (*Vermutung*), uma narrativa que afirma ter sido referida por uma não mais bem identificada Madame de S...y, em seu castelo de Blois. Cerca de cinquenta anos antes, no início do século, quando tinha quatorze ou quinze anos, a mulher recordava perfeitamente ter visto, de sua varanda, «um homem que, ao que parecia, vagava sem direção pelos campos, como se não

Figura 4. A torre sobre o Neckar,
como aparece em uma fotografia de 1868.

procurasse nada nem perseguisse nenhum fim. Voltava sempre para trás, ao mesmo lugar, sem se dar conta. Naquele mesmo dia, às doze horas, aconteceu-me de encontrá-lo, mas estava tão absorto em seus pensamentos que passou por mim sem me ver. Quando, alguns minutos depois, por seu turno, parou novamente à minha frente, tinha o olhar fixo no longe, pleno de uma indizível nostalgia. Desses encontros, a boba mocinha que então eu era permaneceu horrorizada: fugi para casa e escondi-me atrás de meu pai. A vista daquele estrangeiro preenchia-me, no entanto, de uma sorte de compaixão que eu não conseguia explicar. Não era a compaixão que se experimenta diante de um homem pobre e necessitando de ajuda, mesmo que ele certamente parecesse esse homem, com as roupas em completa desordem, sujas e, aqui e ali, rasgadas. O que preenchia de piedade e de simpatia o coração de uma mocinha era uma certa expressão nobre dolorosa e, ao mesmo tempo, o fato de parecer como se sua mente estivesse ausente, perdida na distância entre pessoas amadas. À noite, falei com meu pai a respeito do estrangeiro, e ele me disse que devia ser um dos tantos prisioneiros de guerra e exilados políticos que se deixavam viver livres nas províncias do interior da França».

Dias depois — prossegue a narrativa — a jovem o vê vagar no parque, junto a um amplo tanque de água, cuja balaustrada era ornamentada por umas vinte estátuas que representavam divindades gregas. «Quando o estrangeiro vislumbrou essas divindades, apressou-se em direção a elas a grandes passos, cheio de entusiasmo. Levantou alto os braços, como em adoração, e, da varanda, pareceu-nos que ele realmente proferia palavras que correspondiam a seus gestos inspirados». Uma outra vez, conversando com o pai, que lhe permitira passear à vontade no parque junto às estátuas, o estrangeiro exclamou sorrindo: «Os deuses não são propriedade dos humanos, pertencem ao mundo e, quando nos sorriem, somos nós que pertencemos a eles». Ao pai, que lhe perguntou se era grego: «Não! — suspirou o estrangeiro — ao contrário, sou alemão!». «Ao contrário? —

respondeu meu pai — um alemão é o contrário de um grego?».
«Sim — respondeu bruscamente o estrangeiro e, depois de alguns instantes, acrescentou: Todos nós somos! Vocês, os franceses, e também seus inimigos, os ingleses, todos somos!».

A descrição que segue algumas linhas depois exprime bem a sensação de nobreza e loucura que o aspecto do estrangeiro — assim a *Madame* o trata durante toda a sua narrativa — suscitava: «Não era belo e parecia precocemente envelhecido, embora não pudesse ter mais de trinta anos; o olhar era ardente e, todavia, suave; a boca, enérgica e, ao mesmo tempo, doce; e era claro que seu vestuário surrado não correspondia à sua classe e à sua educação. Fiquei contente de meu pai tê-lo convidado para que fosse conosco até nossa casa. Ele aceitou o convite sem cerimônia e acompanhou-nos, continuando a falar; de vez em quando, punha a mão na minha cabeça, o que me apavorava e, a um só tempo, agradava-me. Meu pai estava evidentemente interessado pelo estrangeiro e desejava ouvir ainda por muito tempo sua conversa tão particular; mas, apenas entramos na sala, desiludiu-se. Na verdade, o estrangeiro dirigiu-se direto para o sofá e disse: 'Estou cansado' e, balbuciando algumas palavras incompreensíveis, deitou-se e caiu imediatamente no sono. Olhamo-nos espantados. 'É louco?', exclamou minha tia, mas meu pai, balançando a cabeça, disse: 'É um original, um alemão'».

Nos dias seguintes, a impressão de loucura só fez aumentar. «Todo o bem que pensamos — afirma o estrangeiro falando da imortalidade — torna-se um Gênio que não nos abandona mais e acompanha-nos invisivelmente, mas na figura mais bela, por toda a vida [...] Esses Gênios são o nascimento ou, se quiser, uma parte de nossa alma, e só por essa parte ela é imortal. Os grandes artistas deixaram-nos em suas obras as imagens de seus Gênios, mas eles não são os próprios Gênios». À tia, que lhe perguntou se ele também era, nesse sentido, imortal, «Eu — respondeu bruscamente —, eu, que estou aqui, sentado diante de vocês? Não! Eu não sei mais pensar o belo.

O Eu que era meu, dez anos atrás, aquele é imortal, certamente!». Quando o pai perguntou-lhe então seu nome, o estrangeiro respondeu: «Eu lhe direi amanhã. Acredite, às vezes me é difícil recordar meu nome».

Uma última vez, depois que seu comportamento havia-se tornado cada vez mais inquietante, era possível vê-lo passear com passos lentos e quase se perder no bosque do parque. «Um operário disse-nos que o havia visto sentar-se em um banco. Já que, depois de algumas horas, não havia aparecido, meu pai foi procurá-lo. Não estava mais no parque. Meu pai percorreu a cavalo todos os arredores. Havia desaparecido, e não o vimos mais».

Nesse ponto, o autor comunica à narradora sua conjetura: «É só uma hipótese [...] Eu creio que você encontrou, então, um extraordinário, nobre poeta alemão, de nome Friedrich Hölderlin».

Apesar de Norbert von Hellingrath reproduzi-la em seu ensaio *Loucura de Hölderlin*, a «hipótese» tem todo o aspecto de ser uma invenção de Hartmann, em um momento no qual a lenda do poeta louco estava já consolidada e podia atrair a atenção dos leitores.

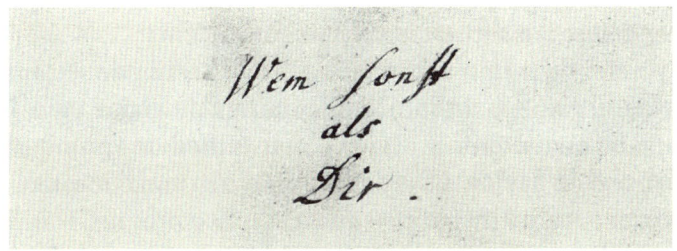

Figura 5. Dedicatória de *Hipérion* a Susette Gontard, 1799.
(«A quem, se não a você»).

O diagnóstico clínico, muito precocemente certificado por C. T. Schwab, não é senão verossimilmente a projeção retrospectiva de uma condição de demência do poeta, da qual, em 1846 — ano de publicação da biografia —, mais ninguém duvidava. Na verdade, a longa viagem a pé de Bordeaux a Stuttgart, na qual havia sido roubado de todos seus haveres, bem como a fadiga e a desnutrição justificavam amplamente o aspecto alterado do poeta. Hölderlin recupera-se, de fato, rapidamente, e volta para a casa dos amigos de Stuttgart, mas poucos dias depois recebe, de Sinclair, a notícia da morte da amada Susette Gontard, que o lança no mais profundo desconforto. Mas se recupera mesmo dessa dor e, no final de setembro de 1802, aceita o convite de Sinclair para Regensburg, que dirá, mais tarde, nunca tê-lo achado, como naqueles dias, tão cheio de vigor intelectual e espiritual. Por meio de Sinclair, que atua como diplomata do pequeno estado, encontra o langrave[1] de Homburg, Federico V. Começa a trabalhar nas traduções de Sófocles e, nos meses que se seguem, escreve o hino *Patmos*, que, em 13 de janeiro do ano seguinte, dedicará ao langrave. Fica novamente em Nürtigen e, em novembro, escreve ao amigo Böhlendorf uma carta na qual afirma que «a natureza da terra natal toma-me com tão mais força quanto mais a estudo» e que o canto dos poetas deverá assumir, por isso, um novo caráter, porque eles, «a partir dos gregos, começarão a cantar de modo pátrio (*vaterländisch*) e natural, propriamente original».

A referência implícita é a uma carta anterior de seu amigo, de 4 de dezembro de 1801, pouco antes de viajar para Bordeaux, na qual escrevia: «Nada é mais difícil de aprender que o livre uso do nacional (*Nationelle*, que não tem o mesmo sentido exclusivamente político que o adjetivo progressivamente

---

1 «Langrave» ou «langravío» é o título nobiliárquico de certos príncipes alemães e escandinavos, datado do século XII, quando os reis da Alemanha tentaram fortalecer sua posição em relação à dos duques. [N. T.]

adquirirá na forma *National*). E, como creio, a clareza da exposição é, para nós, originalmente tão natural como, para os gregos, o fogo celeste [...] Soa paradoxal: afirmo-o ainda uma vez mais e submeto-o a teu exame: o propriamente nacional, no progredir da cultura, será sempre o ponto de menor excelência. Por isso, os gregos dominam menos o *páthos* sagrado, porque este era, para eles, inato, enquanto se destacam no dom da exposição [...] Para nós, acontece o contrário. Também por isso é tão perigoso extrair as regras da arte única e exclusivamente da excelência grega. Com isso me tenho esforçado e agora sei que, além daquilo que, para os gregos e para nós, deve ser o mais alto, isto é, a relação viva e o destino, não podemos ter, com eles, nada de igual. Mas o próprio deve ser aprendido tanto quanto o estranho. Por isso os gregos nos são indispensáveis. Só que, precisamente no nosso próprio, no nacional, não podemos imitá-los, porque, como eu disse, o *livre* uso do *próprio* é a coisa mais difícil. Precisamente isto te inspirou teu bom gênio, como me parece, a ter tratado teu drama de modo épico. Ele é, em sua totalidade, uma autêntica tragédia moderna. Na verdade, isso é o trágico para nós, que vamos embora do mundo dos vivos totalmente em silêncio, embalados em algum recipiente, e não, consumidos pelas chamas, expiamos a chama que não conseguimos domar».

Vale não esquecer a reviravolta «nacional» e o abandono do modelo grego-trágico que aqui se anuncia, se se quer compreender o sucessivo desenvolvimento do pensamento de Hölderlin e sua alegada loucura.

Depois de meses de intenso trabalho, nos quais escreve o hino *Andenken* e termina a tradução de Sófocles (uma carta do amigo Landauer informa-nos de que o poeta passa o «dia inteiro e metade da noite» a escrever, a ponto de que «seus amigos não parecem mais existir»), no início de junho de 1803 Hölderlin chega, a pé, «atravessando os campos como que guiado pelo instinto», ao convento de Murrhardt, onde Schelling está visitando, com a mulher, Karoline, os pais (o pai era prelado no convento). A carta que poucos dias depois Schelling, que conhecia Hölderlin desde os tempos dos estudos de teologia no *Stift* de Tübingen, escreve a Hegel é considerada um dos testemunhos mais seguros de que o poeta já estava, então, em estado de loucura. «A visão mais triste que tive em minha estada naquele lugar foi a de Hölderlin. Por sua viagem à França, onde esteve por conselho do professor Strohlin, com ideias completamente falsas sobre o que o esperava lá, e de onde voltou logo, porque parece que lhe foram feitas algumas exigências que, em parte, não estava em condições de satisfazer e, em parte, eram inconciliáveis com sua sensibilidade — por essa viagem fatal, sua mente parece completamente destruída (*zerrüttet*, o verbo voltará sempre para designar a condição do poeta), e, apesar de alguns trabalhos, como traduzir do grego, do que é ainda até certo ponto capaz, acha-se de resto em um estado de absoluta ausência de espírito (*in einer volkommenen Geistesabwesenheit*, o termo 'ausência' também será usado frequentemente para caracterizar sua loucura). Sua visita foi, para mim, chocante: descuida de seu aspecto exterior até parecer repugnante e, uma vez que seus discursos não deixam pensar em uma loucura, ele assumiu (*angenommen*) completamente as maneiras exteriores (*die äusseren Manieren*) daqueles que se encontram nessa condição. Aqui não há, para ele, nenhuma esperança de reestabelecer-se. Eu pensava pedir-te para tomar conta dele no caso de ele vir a Jena, o que eu desejava fazer».

Pierre Bertaux, um germanista que foi um dos protagonistas da Resistência francesa e que dedicou a Hölderlin estudos especialmente agudos, já observou que o testemunho de Schelling é verdadeiramente singular e não sem contradições. Hölderlin está em um estado de absoluta ausência de espírito e, todavia, é capaz de traduzir do grego (como se traduzir Sófocles não implicasse uma notável capacidade intelectual); além disso, já que os discursos do amigo são de todo normais,

Schelling pode somente afirmar que ele «assumiu as maneiras exteriores» de um louco — e que, logo, não está louco.

As mesmas contradições retornam em uma carta que Schelling escreve a Gustav Schwab mais de quarenta anos depois, quando Hölderlin estava morto havia quatro anos, recordando a visita do amigo a Murrhardt: «Foi triste revê-lo, porque me convenci logo de que aquele instrumento tão sensivelmente afinado estava destruído para sempre. Quando lhe propunha um pensamento, sua primeira resposta era sempre justa e adequada, mas, nas palavras seguintes, o fio se perdia. Mas experimentei com ele quão grande é a força de uma graça inata, original. Durante todas as 36 horas que passou conosco, ele não disse nem fez nada de inconveniente, nada que contradissesse seu ser precedente, nobre e impecável. Foi uma dolorosa despedida na estrada para Sulzbach, pareceu-me. Desde então, não o vi mais».

Ainda uma vez mais, nada permite compreender por que o instrumento tão sensivelmente afinado estivesse destruído. Evidentemente havia, nas palavras e no aspecto de Hölderlin, algo que resultava inapreensível para o amigo, que, inclusive, havia a tal ponto compartilhado com ele o amor pela filosofia que os historiadores hesitam, às vezes, em atribuir a um dos dois textos seus que nos chegaram sem o nome do autor. A única explicação possível é que o pensamento de Hölderlin havia, naqueles anos, distanciado-se a tal ponto do de Schelling que ele preferia simplesmente recusá-lo.

Até as cartas que a mãe do poeta escreve para Sinclair manifestam a mesma ambiguidade, quase como se a loucura devesse ser atestada a todo custo, mesmo quando os fatos parecem desmenti-la. Sinclair devia dar-se conta de que o comportamento da mãe podia ser nocivo nesse sentido e, uma vez que não via no amigo uma verdadeira «perturbação mental» (*Geistesverwirrung*), escreve-lhe, em 17 de junho de 1803, que devia ser penoso para seu filho ser julgado pelos outros como se ele se achasse em tais condições: «Ele é um ser muito sensível para não saber ler no íntimo do coração até o mais secreto juízo que cai sobre ele». No momento em que o editor frankfurtiano Wilmans aceitou publicar as traduções de Sófocles, nas quais Hölderlin trabalha intensamente por meses, Sinclair pede à mãe que o deixe vir a Homburg, onde encontrará um amigo «que conhece a ele e a seu destino, e do qual ele não tem nada a esconder». A mãe responde que Hölderlin, a quem chama constantemente de «o infeliz» (*der l[iebe]unglückliche*, o caro infeliz), não estava em condição de realizar uma viagem sozinho e que «dado seu triste estado de ânimo», só poderia ser um fardo para os amigos. Suas condições, de fato, «não melhoraram muito [...] mas também não se agravaram». O que, para a mãe, aparece como um sinal de loucura é que o poeta trabalha incessantemente em suas obras: «Esperava que, quando o infeliz não tivesse mais que trabalhar tão duramente como no último ano — e nem ao menos nossas orações valeram para arrancá-lo daquele empenho excessivo —, seu estado interior melhorasse». «Sua condição infelizmente não melhorou — escreve em uma carta seguinte —, mesmo que — parece admitir quase com pesar — algumas mudanças tenham ocorrido, uma vez que a impetuosidade que tão frequentemente o assaltava desapareceu, Deus seja louvado, quase de todo». Quando, em maio de 1804, Sinclair consegue obter para o amigo, por intermédio do langrave, um posto de bibliotecário, que Hölderlin assumirá com felicidade, a mãe objeta que «ele não está, por ora, em condição de aceitar esse cargo, que, segundo minha modesta opinião, requer certa ordem mental, e, infelizmente, a capacidade de raciocínio de meu querido e desafortunado filho está muito enfraquecida [...] Provavelmente o infeliz, pela alegria de vossa Ilustríssima presença e pela estima que demonstrais, fez um apelo a todas as suas capacidades de reflexão e, assim, não vos destes plenamente conta de quanto sua mente esteja esgotada». Suas apreensões parecem acalmar-se somente quando, após dois anos, consegue fazer com que o filho seja internado na clínica do *Medizin-Professor* Autenrieth, em Stuttgart, e, depois, com que seja definitivamente alojado na casa do marceneiro Zimmer, para onde nunca irá a fim de visitá-lo. Certamente, não é surpreendente nesse ponto que, segundo o testemunho do próprio Zimmer, Hölderlin não conseguisse suportar seus parentes (*Hölderlin kan aber seine Verwandten nicht ausstehen*).

O problema não é certificar se Hölderlin era ou não louco. E nem mesmo se ele acreditava ser. O decisivo é, de fato, que tenha querido ser ou, antes, que a loucura tenha-lhe aparecido, a certo ponto, como uma necessidade, como algo de que não se podia esquivar sem covardia, uma vez que «como o velho Tântalo [...] havia recebido dos deuses mais do que podia suportar». De Swift e de Gogol foi dito que buscaram, de todas as maneiras, enlouquecer e que, afinal, conseguiram. Hölderlin não procurou a loucura, teve de aceitá-la, mas, como observou Bertaux, sua concepção de loucura não tinha nada a ver com nossa ideia de uma doença mental. Era, antes, algo que se podia ou se devia habitar. Por isso, quando teve que traduzir *Ájax*, de Sófocles, transformou *theíai maníai xýnaulos*, literalmente, «residente com a loucura divina», em: *sein Haus ist göttliche Wahnsinn*, «sua casa é a loucura divina».

Em abril de 1804, saem, pelo editor Wilmans, as traduções de *Édipo* e *Antígona*, de Sófocles, acompanhadas de duas longas notas, que resumem o êxito extremo do pensamento de Hölderlin. É o último livro que Hölderlin publica e, apesar dos erros de impressão que amargam o poeta, sem essa obra não é possível entender o que ele tinha em mente quando falava do livre uso do próprio e da antítese entre o pátrio (o nacional) e o estrangeiro, por meio da qual estava repensando a relação com o modelo grego. Em uma carta de setembro de 1803 ao editor, ele expõe o sentido de seu projeto: «Eu espero representar a arte grega, que nos é estranha por causa da conveniência nacional e dos erros com que sempre teve de lidar, de modo tanto mais vivo quanto mais eu colocar em relevo o elemento oriental (*das Orientalische*) que ela renegou e corrigir seu erro artístico onde ele aparece».

Particularmente significativo é que Hölderlin tenha escolhido exemplificar essa problemática por meio das traduções, as quais, muitos anos depois, Walter Benjamin iria definir como «o arquétipo de sua forma», entrevendo nelas «o risco terrível e originário de toda tradução: que as portas de uma língua tão extensa e dominada fechem-se — e fechem o tradutor no silêncio» (Benjamin, 1972, p. 21). Não menos significativa é a acolhida que essa tradução recebeu na cultura do tempo, a qual testemunha exemplarmente uma carta de Heinrich Voss, de outubro de 1804: «O que nos diz do Sófocles de Hölderlin? O nosso amigo é verdadeiramente um louco furioso ou se limita a representar esse papel, e seu Sófocles é uma sátira oculta dos maus tradutores? Algumas noites atrás, estive com Schiller e Goethe e diverti os dois com essa tradução. Lê apenas o quarto coro da *Antígona* — havias de ver como Schiller ria!». Igualmente inclemente é o julgamento de Schelling, em uma carta a Goethe de julho do mesmo ano: «Ele (Hölderlin) está em melhor estado do que no ano anterior, mas sempre em visível perturbação (*Zerrüttung*). Sua tradução de Sófocles exprime seu estado mental deteriorado». Se é difícil perdoar a superficialidade desses julgamentos e as estúpidas risadas de Schiller e de Goethe, elas constituem, no entanto, o mais explícito testemunho de incomensurabilidade entre o que Hölderlin tinha em mente e a cultura de seu tempo. O que procurava pensar — a tradução como decalque e, ao mesmo tempo, correção do original — era tão inaudito que não podia ser entendido senão como demência e perturbação. (Quando, em 1797, havia lido as poesias de *Der Aether* e *Der Wanderer*, Goethe não tinha rido, mas as havia julgado «não de todo inconvenientes (*nicht ganz ungünsting*)» e havia aconselhado o jovem poeta a «fazer poesias pequenas e a dedicar-se a algum tema humanamente interessante»).

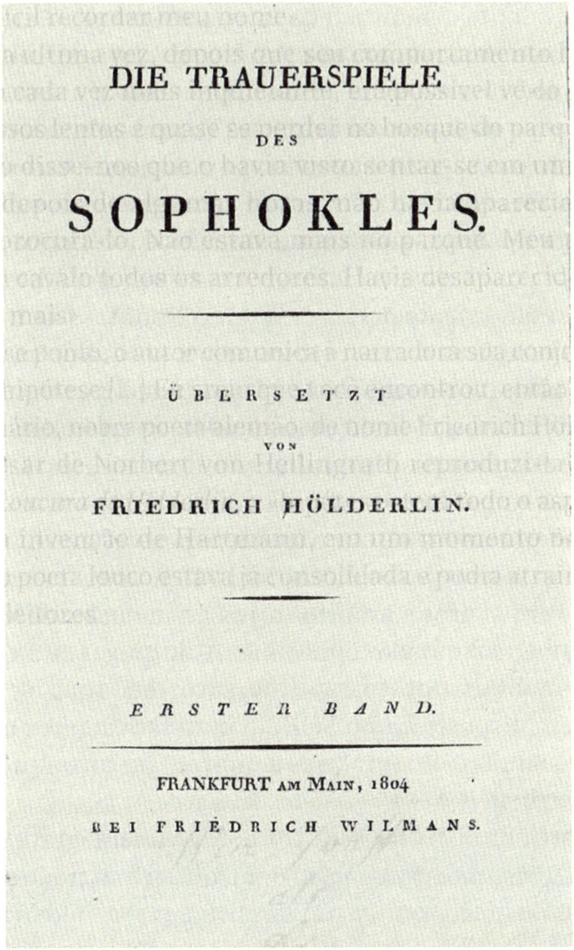

DIE TRAUERSPIELE

DES

SOPHOKLES.

ÜBERSETZT

VON

FRIEDRICH HÖLDERLIN.

ERSTER BAND.

FRANKFURT AM MAIN, 1804

BEI FRIEDRICH WILMANS.

Figura 6. Frontispício de *Die Trauerspiele des Sophocles*, 1804.

Tanto as traduções de Sófocles como aquelas coevas de Píndaro não buscam — segundo o que comumente se entendia e ainda hoje quase sempre se entende por tradução — encontrar um equivalente semântico da língua estrangeira na própria língua, mas parecem antes mirar, como foi oportunamente observado, uma sorte de «mimese» — senão até mesmo de «mímica» — da forma do original (Theunissen, 2000, p. 959; cf. Christen, s.d., p. 23). Segundo um modelo que Cícero já considerava aberrante, Hölderlin não só traduz *verbum pro verbo*, palavra por palavra, mas força a sintaxe de sua língua a aderir, ponto por ponto, à articulação sintática do grego. A literalidade é tão obsessivamente perseguida que o tradutor não hesita em cunhar neologismos que correspondam, em sua própria estrutura, às palavras do original (o grego *siderocharmes*, que os dicionários dão como «belicoso», é traduzido etimologicamente como *eisenerfreuten* — literalmente «ferroalegres»). O resultado dessa «hiperliteralidade» (Shadewaldt, 1970, p. 244) perseguida obsessivamente é que a tradução parece, com frequência, distanciar-se a tal ponto do original que se pôde incautamente falar de verdadeiros e próprios erros de tradução, devido a um «relativamente limitado conhecimento do grego» ou à «escassez de meios subsidiários» (p. 243). Não surpreende que mesmo um leitor bem disposto como Schwab pudesse escrever que uma tradução similar «integralmente literal» era incompreensível sem o original.

A partir da dissertação de Norbert von Hellingrath, de 1910, sobre as *Pindarübertragungen*, o juízo sobre as traduções hölderlianas do grego começa progressivamente a mudar. Fazendo a distinção da retórica grega entre dois modos de harmonizar cada um dos vocábulos no contexto semântico da frase, Hellingrath opõe uma «conexão plana» (*glatte Fügung*), na qual cada um dos vocábulos é rigidamente subordinado ao contexto sintático, a uma «conexão áspera» (*harte Fügung*), como a usada por Hölderlin, na qual, ao contrário, cada palavra tende a se isolar e a quase se tornar independente dele, de maneira que o sentido global resulta frequentemente aberto a múltiplas interpretações, e o leitor tem a impressão de se achar diante de «uma língua inabitual e estrangeira» (Hellingrath, 1922, p. 23). Acolhendo a sugestão de Hellingrath, no seu ensaio *Sobre a tarefa do tradutor*, Benjamin distingue uma tradução voltada apenas para a reprodução do sentido de uma tradução na qual «o significado resta apenas aflorado pela língua como uma harpa eólica pelo vento» (Benjamin, 1972, p. 21), porque, como ocorre em Hölderlin, o tradutor mira precisamente o que é incomunicável em uma língua. Desde então, os estudos que, seguindo os rastros de Benjamin, tendem a derrubar o preconceito tradicional e a ver nas traduções hölderlianas um verdadeiro e próprio paradigma poetológico multiplicaram-se até privilegiar um modelo de tradução «estrangeirizante» (*foreignizing*) em relação àquele «domesticador» (*domesticating*), no qual o tradutor pretende ficar invisível (Venuti, 1995, p. 5). Os pretensos erros de tradução de Hölderlin aparecem ora como *schöpferische Irrtüemer* («erros criativos», Schadewaldt, 1970, p. 247) ora como fruto de uma *künstlerische Gestaltungswille* («vontade de formação artística», Schmidt, 1990, p. 1328).

Não se entende, porém, o caráter próprio das traduções hölderlianas e de sua mimese da forma original se não se define, antes de tudo, o escopo que perseguem. Com foi observado (Binder, 1992, p. 21), Hölderlin não pretendia de maneira alguma enriquecer o patrimônio de traduções da literatura alemã, mas se confrontar com um problema a um só tempo individual e histórico-filosófico. Tratava-se, para ele, de nada menos do que pressionar ao extremo o modo grego de poetar em relação ao alemão (ou hespérico, como chamará nas *Notas a Sófocles*), para poder expor, desse modo, sua respectiva natureza e, ao mesmo tempo, «corrigir» seu erro.

Considere-se o límpido ditado da carta a Böhlendorf: o teorema segundo o qual o livre uso do próprio é a coisa mais difícil implica que os gregos, para os quais o fogo celeste e a paixão são o elemento próprio e nacional — e, logo, o ponto de fraqueza deles —, encontrarão seu momento de excelência no que lhes é estranho, isto é, a clareza da exposição (que Hölderlin chama também de «sobriedade junônica»). Os hespéricos, aos quais, ao contrário, são próprias a sobriedade e a clareza da exposição, serão superiores no fogo celeste e na paixão, no que lhe são estranhas, enquanto serão fracos e desajeitados na limpidez da exposição. Daí a complexidade da dupla operação que tem lugar na tradução do grego: de um lado, os gregos, que negaram seu elemento próprio para serem superiores no dom da exposição, são restituídos, pelo relevo dado ao elemento oriental, a seu elemento nacional, o fogo celeste, que é também sua fraqueza; do outro, em uma inversa simetria, os hespéricos, que são superiores na paixão e no fogo celeste, que lhes são estranhos no confronto com o modelo grego, cujo erro corrigem, são restituídos à clareza da exposição, que, porém, é também sua fraqueza.

É somente em relação a essa árdua e dupla tarefa que a obsessiva aderência à letra e à obscuridade das traduções hölderlinianas adquirem seu sentido verdadeiro: a sobriedade junônica que o poeta grego alcançou é tornada opaca e quase ilegível na mesma medida em que o tradutor hespérico vê a clareza da exposição, que lhe é própria, dobrar-se à exigência estranha da paixão e à sua correção — e, conjuntamente, fazer um gesto em direção ao elemento pátrio, débil e ausente. O uso livre do próprio é uma operação bipolar, na qual o nacional e o estrangeiro, aquilo que lhe é concedido como dote e a alteridade que está diante dele, são coesos em um acordo divergente, e somente o poeta que, na tradução, coloca em risco, nessa tensão polar, sua própria língua está à altura de sua tarefa. A tradução não é, portanto, uma operação literária entre outras: ela é o lugar poético privilegiado em que se realiza aquele livre uso do próprio que, para o poeta, como para cada povo, é a tarefa mais difícil.

Compreende-se, então, que uma tarefa similar não pode ser enfrentada por um poeta que tenha conservado íntegros os critérios correntes da racionalidade. Como Benjamin havia intuído, nessa operação ousadamente esticada entre duas polaridades opostas da língua, «o sentido despenca de abismo em abismo, até arriscar se perder em profundidades linguísticas sem fundo» (Benjamin, 1972, p. 21). Não estão aqui em questão, todavia, demência e loucura, mas apenas uma dedicação ao próprio tão extrema que não hesita em sacrificar a excelência da forma artística a uma maneira ruinosa e derrotada e, no limite, incompreensível. Após as traduções de Sófocles, Hölderlin executará essa tarefa paradoxal de dois modos sucessivos: na primeira vez, escolhe a forma poética mais alta da tradição grega, o hino, e, como mostra eloquentemente o *Homburger Folioheft*, quebra-a e metodicamente a desarticula mediante uma parataxe e uma *harte Fügung* levada ao excesso; na segunda vez — nos quartetos da torre —, escolhendo, pelo contrário, uma forma poética mais humilde e ingênua da tradição nativa e aderindo, monótona e repetitivamente, à sua simples estrutura rimada.

A filosofia nasce no momento em que alguns homens dão-se conta de não poderem mais se sentir parte de um povo, que um povo como aquele a que os poetas acreditavam poder dirigir-se não existe ou tornou-se algo estranho e hostil. A filosofia é, antes de tudo, esse exílio de um homem entre os homens, esse ser estrangeiro na cidade onde o filósofo encontra-se vivendo e onde, no entanto, continua a morar, obstinadamente apostrofando um povo ausente. A figura de Sócrates realiza esse paradoxo da condição filosófica: ele se tornou tão estranho para seu povo que este o condenou à morte; mas, aceitando a condenação, ele ainda adere a seu povo como aquele que eles irrevogavelmente expulsaram de si.

A partir de certo momento, no limiar da modernidade, até os poetas tomam consciência de que não podem mais se dirigir a um povo, até o poeta compreende que está falando para um povo que não existe mais ou que, se existe, não pode e não quer ouvi-lo. Hölderlin é o ponto em que essas contradições explodem, e o poeta deve reconhecer-se no filósofo ou — como ele diz em uma carta a Neuffer — buscar asilo no hospital da filosofia. Ele se dá conta, então, de que sua comunhão com um povo, que chamou de «nacional», é justamente o que lhe falta, ou seja, é seu ponto de fraqueza, no qual não poderá nunca se destacar poeticamente. Daí a ruptura da forma poética, o esmagamento paratático do hino ou a repetição estereotipada dos últimos quartetos; daí a aceitação incondicional do diagnóstico de loucura que seu povo atribuiu a ele. E, no entanto, até o final, ele continua a escrever, obstina-se em buscar, na noite, um «canto alemão».

O teorema sobre o uso do próprio não é fruto de um pensamento abstruso, mas, em última instância, tem a ver com problemas concretos cuja atualidade é particularmente visível. Trata-se de duas categorias úteis para compreender o desenvolvimento histórico não só de todo indivíduo, mas também de toda cultura. Como Carchia intuiu, Hölderlin transforma o problema poético da tragédia em um problema de filosofia da história (Carchia, 2019, p. 72). Ele chama de nacional e estrangeiro as duas tensões fundamentais do Ocidente: uma o leva a achar-se no próprio e a outra, a alhear-se fora de si. Não é preciso dizer que o próprio e o estrangeiro, que Hölderlin exemplifica comparando a Alemanha e a Grécia, pertencem ambos, na realidade, a cada indivíduo e a cada cultura (nas palavras de Hölderlin, a cada nacionalidade). É até bastante evidente que, nesse sentido, aquilo que ocorreu no Ocidente é que ele deve o próprio e incomensurável sucesso na modernidade ao fato de estar disposto a abandonar quase incondicionalmente o próprio elemento nativo (as próprias tradições religiosas e espirituais) para se destacar em uma dimensão (a econômico-tecnológica) que pode ser definida como estrangeira e na qual, por outro lado, segundo o paradigma hölderliniano, estava, desde o início, destinado a sobressair-se. Em uma situação semelhante, é natural que se produzam movimentos reativos que buscam recuperar, de algum modo, o elemento nativo, tentando «traduzir» o estrangeiro nos termos mais familiares da tradição nacional; igualmente fatal é, porém, que essas tentativas ficam presas em dificuldades e contradições que, tal como o poeta, segundo Hölderlin, eles não conseguem solucionar. O livre uso do próprio é verdadeiramente a coisa mais difícil. Em todo caso, Hölderlin buscou experimentar, em sua vida e em sua poesia, o contraste dessas duas tensões fundamentais e sua possível conciliação, qualquer que fosse o preço a pagar por ela.

Que as condições mentais de Hölderlin não fossem tais, nesse período, a ponto de comprometer sua lucidez é provado, afora sua intensa produtividade poética e filosófica, por seu vivo interesse pelos eventos da vida política daqueles anos. Antes, é justamente em razão desse envolvimento político que o problema de sua loucura explode pela primeira vez além da esfera privada, até tomar a forma — em 5 de abril de 1805 — de um diagnóstico médico oficial.

Uma vez que, na raiz desse envolvimento, está sua amizade com Isaac von Sinclair, será oportuno deter-se nesse personagem, sob muitos aspectos memorável, que exerceu uma influência determinante na vida do poeta. Sinclair havia nascido em Homburg em 1775 (era cinco anos mais jovem do que Hölderlin), de uma família que o destinava a uma carreira política a serviço do langrave do pequeno estado de Hesse-Homburg. Seu pai fora, de fato, preceptor do langrave, e o jovem Sinclair fora educado junto dos príncipes herdeiros. Após dois anos de estudos de Direito na Universidade de Tübingen, o encontro com Hölderlin ocorreu em março de 1795 na Universidade de Jena, para onde Sinclair havia-se transferido para se dedicar à filosofia e onde, no semestre invernal de 1794-1795, havia seguido as aulas de Fichte sobre a doutrina da ciência. Em uma carta de 1795, ele anuncia a um amigo ter conhecido

Figura 7. Favorin Lerebours, *Retrato de Isaac von Sinclair*,
óleo sobre tela, 1808.

o *magister* Hölderlin, um «amigo do coração *instar omnium*»: «É jovem e, ao mesmo tempo, afável; sua cultura faz-me envergonhar-me e empurra-me com força para a imitação; é com esse radioso e amável exemplo que conto transcorrer o próximo verão em uma solitária casa com jardim. De minha solidão e desse amigo, espero muito. Pensei para ele um lugar de tutor junto aos príncipes e gostaria, a todo custo, de no futuro tê-lo por perto» (Hegel, 1971, p. 30). Sobre a comunidade de pensamento que se estabeleceu entre os dois amigos nos anos de Jena, testemunham os *Philosophische Raisonnements*, publicados somente em 1971, que são lidos com o fragmento *Urteil und Sein*, que Hölderlin escreve nos primeiros meses de 1795 na folha de guarda arrancada de um livro, que, segundo Beissner, podia ser a *Doutrina da ciência*, de Fichte, que aqui é fortemente colocada em questão.

O fragmento hölderliniano começa de fato com uma crítica radical ao Eu absoluto fichtiano, no qual sujeito e objeto identificam-se na autoconsciência. O que Fichte coloca desse modo na origem não é, na realidade, outra coisa senão a «divisão originária (*die ursprüngliche Trennung*)», pela qual sujeito e objeto «intimamente unidos na intuição intelectual» separam-se e, como tais, tornam-se possíveis. Mas justamente enquanto consistem em uma *Ur-teilung*, em uma «cisão originária», na qual sujeito e objeto estão em uma relação recíproca, eles implicam «a necessária pressuposição de um todo, do qual sujeito e objeto são as partes». O «Eu sou Eu» fichtiano é «o exemplo mais cabível dessa cisão teórica» que Hölderlin pretende colocar em questão. O conceito de ser que ele opõe ao Eu fichtiano implica, ao contrário, uma união de sujeito e objeto, na qual nenhuma cisão é possível. «Onde sujeito e objeto estão unidos de modo absoluto e não somente parcial, de modo que não se possa criar nenhuma cisão sem prejudicar a unidade do que deve ser separado, aí e em nenhum outro lugar pode-se falar de um ser absoluto (*Sein Schlechtin*), como ocorre na intuição intelectual» (Hölderlin, 1962, p. 226).

Esse ser absoluto não deve ser trocado com a identidade do Eu fichtiano: «Quando digo: Eu sou Eu, o sujeito Eu e o objeto Eu não estão unidos de maneira tal que não se possa criar nenhuma separação sem prejudicar a essência do que deve ser separado. Ao contrário, o Eu é possível somente através dessa separação do Eu pelo Eu». Nesse ponto, Hölderlin nomeia o outro objeto de sua crítica: a autoconsciência (*Selbstbewusstsein*). «Como posso dizer: 'Eu!' sem autoconsciência? Pelo fato de que Eu me oponho a mim mesmo, mas, apesar dessa separação, reconheço-me como o mesmo no oposto». Uma vez que a identidade que está na base da *Doutrina da ciência* não implica nenhuma unidade real de sujeito e objeto, «então — conclui peremptoriamente o fragmento —, a identidade não é = ao ser absoluto» (p. 227).

Os *Philosophische Raisonnements*, de Sinclair, concordam a tal ponto com o pensamento do amigo que se pode imaginar que eles refletem e realizam discussões comuns. A separação na qual Hölderlin identificava a posição fichtiana do Eu é, aqui, definida como reflexão. «O que ocorre, o que há na reflexão? Ocorre uma separação, a unidade é posta como um dever ser [...] separar significa, em realidade, refletir e pôr. O Eu não é uma substância, ele existe somente na reflexão» (Hegel, 1971, p. 267). A crítica a Fichte — mas no fundo a todo idealismo — é explícita: «Em uma doutrina da ciência posso dar os atos do meu espírito somente por como se apresentam na reflexão» (p. 268). A reflexão coincide, de fato, com a forma mesma de todo saber e de toda ciência, e uma crítica da reflexão implica, portanto, uma crítica do saber: «A tarefa do saber (*Wissen*) vai além da forma do saber. O limite do saber é o da consciência de um Eu, somente por um Eu é possível saber. A forma de todo saber é a reflexão. Aquilo que está de fora da reflexão, eu posso experienciar apenas mediante a negação do meu saber, enquanto mostro que a culpa está no meu saber, que eu não posso saber e afasto a forma do saber. É uma tarefa irrenunciável a de unir Deus (o *principium activum*), o Eu e a matéria (o *principium passivum*), de modo tal a supor algo além da produção ideal» (p. 271).

Ao ser incindível do fragmento hölderliniano corresponde aquilo que Sinclair chama de «paz» (*Friede*), ou *athesis*, não posição: «Originariamente era paz, *athesis*. Houve reflexão e surgiu a confusão harmônica dos pontos de vista unilaterais, que ainda não haviam sido separados da esfera prática». Se a reflexão busca conhecer esse não lugar, ela decai em um Eu: «Assim que se quer conhecer o *theos* (a unidade atética, a essência), ele se transforma em um Eu (o Eu absoluto de Fichte). Na medida em que se reflete sobre sua suprema essência e se a põe, ela se separa e, depois da separação, recebe novamente seu caráter de não separação mediante uma unificação, pela qual, de algum modo, o ser da separação é pressuposto: isto é, o conceito imperfeito» (pp. 268-69).

Com uma imagem que deriva provavelmente de Hölderlin, que, em seu ensaio sobre o *Procedimento do espírito poético* (escrito presumivelmente no outono de 1799; o título, ausente do manuscrito, deve-se a Zinkernagel), fala de uma «sensação transcendental» (*transzendental Empfindung* — Hölderlin, 1962, p. 270), com um jogo de palavras Sinclair chama de *aeisthesis*, «sensação eterna», o princípio no qual a oposição tese e atese, posição e não posição, é superada.

Mesmo dessa exposição resumida resulta evidente que o que Hölderlin e Sinclair buscam pensar representa nada menos do que outra via possível em relação à que Fichte havia aberto ao idealismo, e não surpreende, portanto, que Schelling e Hegel não pudessem senão manter distância do itinerário espiritual de seu companheiro de Tübingen. Em seus escritos seguintes, Hölderlin confiará não ao conhecimento, mas à poesia, a tarefa de agarrar aquele ser atético que escapa necessariamente à reflexão. Como é afirmado sem reservas no ensaio sobre o

Procedimento do espírito poético, o eu poético pode estar à altura de sua tarefa e agarrar a «unidade infinitamente unida e viva» que a reflexão não pode colher senão como um nada, somente na condição de ele conseguir agarrar a si mesmo. «É a hipérbole de toda hipérbole, a mais audaz e suprema tentativa do espírito poético — embora nunca consiga cumpri-lo em seu procedimento — o de colher a originária unidade poética, o eu poético; uma tentativa mediante a qual ele aboliria e conservaria (*aufhöbe*) essa individualidade e seu objeto puro, o unido e o vivente, a vida harmônica e reciprocamente ativa» (p. 263).

É essa hipérbole de toda hipérbole que, justamente entre os anos 1800 e 1805, Hölderlin busca levar a cabo.

Um detalhe textual da carta a Böhlendorf merece, dessa perspectiva, uma atenção especial. Falando ao amigo a respeito de seu drama, na medida em que nele se aproximava do elemento ocidental, Hölderlin escreve: «Ele (o drama *Fernando*) é, em sua totalidade, uma *autêntica* tragédia moderna (*eine ächte moderne Tragödie*)». Singular aqui é que ele defina como «tragédia moderna» um drama que, como o subtítulo enuncia peremptoriamente, *Eine dramatische Idylle*, é tecnicamente um idílio, isto é, um gênero poético essencialmente antitrágico. Hegel, em suas *Lições de estética*, de fato define o idílio como um gênero poético que «faz abstração de todos os mais profundos interesses universais da vida espiritual e ética e retrata o homem em sua inocência» (Hegel, 1967, p. 1221) — o contrário de uma tragédia, em cujo centro Hegel havia colocado um insolúvel conflito entre culpa e inocência. Hegel trata o idílio com suficiência, no qual, como na idade de ouro, «a natureza parece satisfazer, sem afã, toda necessidade que surja no homem», e diz que, dentre os autores de idílios, «o mais chato é Gessner, a tal ponto que hoje ninguém mais o lê» (p. 1222). E, no entanto, o idílio ocupa, ainda naqueles anos, um lugar relevante nos gêneros literários, se Goethe pode referir-se a *Hermann und Dorothea* como um *bürgerliche Idylle* e chamá-lo, não sem complacência, de *mein idyllische-episches Gedicht*. No mesmo sentido, nos *Athenäums-Fragmente*, Schlegel define o idílio como «a absoluta identidade de ideal e real» (Schlegel, 1967, p. 204). Mas é sobretudo no ensaio schilleriano *Über naive und sentimentalische Dichtung*, no qual uma seção específica é dedicada ao idílio, que o nível especial desse gênero literário aparece em sua plenitude. Schiller define o idílio como a forma poética na qual «se abole toda oposição entre real e ideal», e todo conflito «tanto no homem singular como na sociedade» é completamente resolvido (Schiller, 1962b, p. 750). Enquanto o idílio «representa o homem no estado de inocência, ou seja, em uma condição de harmonia e de paz consigo e com o fora de si» (p. 744), Schiller aproxima-o da comédia, na qual «o homem olha à sua volta e para si mesmo sempre em paz e limpidamente». Em uma carta a Humboldt, de 30 de novembro de 1795, ele pode escrever que, se um idílio perfeito se revelasse impossível, então «a comédia seria a obra poética mais alta» (Kraft, 2012, p. 173).

Por que, então, Hölderlin chama de tragédia moderna um idílio, isto é, uma forma que é não somente antitrágica, mas que beira a comédia?

A extrema evolução do pensamento de Hölderlin coincide com as reflexões que acompanham as três sucessivas versões da tragédia *A morte de Empédocles*, à que se dedica da primavera de 1798 ao início de 1800. Como foi observado, o atormentado processo que todas as vezes leva o poeta a abandonar a versão em curso para empreender uma nova e substancialmente diversa corresponde a uma progressiva desconstrução do conceito mesmo de trágico, cujo êxito último é a redução da tragédia a um «torso incompleto» (Portera, 2010, p. 100). É decisivo, nesse sentido, o longo fragmento intitulado *Razão de Empédocles*, no qual a conciliação que a tragédia deveria operar através da morte do singular revela-se, no final, inadequada e ilusória. O trágico é aqui definido mediante o contraste entre o orgânico, a individualidade limitada e consciente que representa a arte, e o aórgico, isto é, a natureza ilimitada e incompreensível. No desenvolvimento da ação trágica, cada um dos dois elementos atravessa seu oposto e o que estava cindido é restituído à sua unidade originária. Esse momento, no qual o sentimento trágico atinge seu ponto mais alto, coincide, porém, com a morte do singular: «No centro (*in der Mitte*), há a luta e a morte do singular, o momento em que o orgânico depõe sua egoicidade, sua existência particular, que se havia tornado um extremo, e o aórgico depõe sua universalidade, não como no início de uma mistura ideal, mas em uma luta (*Kampf*) extrema e real» (Hölderlin, 1962, p. 159).

O resultado dessa luta, em que os extremos transgridem-se em seu oposto, é, portanto, sua conciliação: «a extrema inimizade parece ser realmente a extrema conciliação» (p. 160). É significativo, porém, que essa conciliação seja logo declarada apenas aparente (*scheinbar*) e até enganadora. Desde o momento em que a conciliação era apenas um produto do conflito, cada um dos dois elementos empurra ao extremo sua tendência, «de modo que o momento unificador se dissolve cada vez mais como uma alucinação (*Trubild*) [...] e o feliz engano (*der glückliche Betrug*) da conciliação cessa» (p. 160). Se Empédocles é, nesse sentido, uma vítima sacrificial (*Opfer*) de seu tempo, a conciliação que sua morte realiza é ilusória, e essa ilusoriedade investe a mesma forma do trágico como tal: «Assim, pois, Empédocles deveria tornar-se uma vítima de seu tempo, os problemas do destino no qual havia crescido deveriam resolver-se aparentemente (*scheinbar*) nele, e essa solução deveria demonstrar-se aparente e temporária, como mais ou menos em todos os personagens trágicos, todos os quais, em suas características e em suas manifestações, são mais ou menos tentativas de resolver os problemas do destino, e todos se negam, na medida em que não são universalmente válidos [...] de modo que aquele que aparentemente resolve o destino da maneira mais completa apresenta-se também da maneira mais vistosa, como vítima sobretudo da caducidade (*Vergänglichkeit*) e do progredir de suas tentativas» (p. 163-64).

Hölderlin abandona também a última versão de *Empédocles* porque se dá conta de que a morte da vítima sacrificial não pode oferecer senão a aparência de uma conciliação e de que uma «tragédia moderna» só é possível com a condição de que se renuncie à própria ideia de uma morte sacrificial. Esclarecem-se, então, as desconcertantes enunciações da carta a Böhlendorf, nas quais parece perceber-se uma tonalidade quase cômica: «De fato, isto é para nós o Trágico, que deixemos de todo o mundo dos vivos silenciosamente embalados em algum recipiente, e não que, consumidos pelas chamas, expiemos a chama que não conseguimos domar».

É decisivo, em todo caso, na tragédia — ou, antes, na antitragédia — moderna, o desaparecimento da vítima sacrificial. Em um parágrafo especialmente denso da *Nota a Antígona*, Hölderlin distingue duas modalidades do estatuto da palavra trágica, a grega e a hespérica. Se toda representação trágica consiste em uma palavra que atua (*in dem faktischen Worte*), a palavra da tragédia grega atua de modo mediado (*mittelbarer faktisch wird*), enquanto agarra um corpo sensível, e «o corpo que ela agarra mata realmente (*wirklich tötet*)» (Hölderlin, 1954, p. 293). A palavra hespérica, ao contrário, não tem necessidade de matar fisicamente, porque atua sem mediações e «agarra um corpo mais espiritual». Uma passagem seguinte esclarece o significado dessa contraposição, distinguindo duas características da palavra, que Hölderlin exprime com dois adjetivos não imediatamente evidentes, mas cujo significado não deixa dúvidas: «O que é factualmente letal (*das tödlischfaktische*), o verdadeiro assassinato com as palavras (*der wirkliche Mord aus Worten*), deve ser considerado mais uma forma artística especificamente grega e subordinada a uma forma artística nacional. Uma forma artística nacional, como se pode facilmente demonstrar, pode ser mais uma palavra factualmente assassina (*tötendfaktisches*) do que uma palavra factualmente letal (*tödlichfaktisches*), não terminando com um assassinato ou com a morte — porque é certamente nisso que o trágico deve ser capturado —, porém, mais ao gosto de *Édipo em Colono*, de modo que uma palavra que sai de uma boca inspirada é terrível e mata, mas não no modo à grega compreendido, isto é, em um espírito atlético e plástico, no qual a palavra agarra um corpo para que mate» (p. 294).

A vítima sacrificial, que define a tragédia grega, aqui desaparece, porque a palavra dirige-se a um «corpo mais espiritual» (p. 293), atua imediatamente como palavra, através de si mesma e sobre si mesma, sem a mediação de uma morte física. O «corpo mais espiritual» que ela agarra é a própria palavra, que, como é explicado algumas linhas depois, «deve ser compreendida intelectualmente e apropriada de maneira vital» (p. 295).

Em uma passagem anterior da mesma *Nota a Antígona*, essa impossibilidade da tragédia assume o aspecto de um «escárnio sublime», que coincide com a loucura: «o escárnio sublime (*der erhabene Spott*), na medida em que a sacra loucura (*heiliger Wahsinn*) (é) a mais alta manifestação humana e, aqui, é mais espírito do que linguagem, supera todas as expressões...» (p. 291). É significativo que, nesse ponto da tragédia, no qual está em questão a passagem do grego para o hespérico (*wie es vom griechischen zum hesperischen gehet*), a loucura apresente-se como a mais alta manifestação humana e, ao mesmo tempo, seja definida como um escárnio sublime, como se a tragédia, aqui, fosse além de si mesma, em um giro antitrágico, que, de qualquer modo, faz-nos pensar em uma comédia.

Hölderlin reflete mais vezes, especialmente nos dois fragmentos intitulados *Sobre a diferença dos gêneros poéticos* e *Mudança dos tons*, sobre os gêneros poéticos, dentre os quais menciona sempre o épico, o lírico e o trágico, buscando definir não só as características de cada um, mas também suas relações recíprocas. É bom não esquecer que, como sugere E. Staiger, os gêneros poéticos não pertencem só à ciência da literatura, mas nomeiam «possibilidades fundamentais de existência humana» (Staiger, 1946, p. 226). É singular, nesses textos, a ausência de qualquer aceno ao gênero cômico. No entanto, em uma carta a Clemens Brentano de 20 de setembro de 1806, Sinclair expõe reflexões sobre o idílio e sobre o cômico, das quais é difícil que não houvesse sinal nas discussões apaixonadas, nunca interrompidas, com Hölderlin. O idílio, como representante por excelência do gênero cômico, é aqui exemplarmente contraposto à tragédia e à poesia romântica. «Parece-me que ela — escreve Sinclair a propósito de uma poesia de Brentano — é um autêntico idílio, ou seja, uma poesia ingenuamente cômica (*eine naiv comisch sei*), diferente do romântico, em que o espírito parece mais comovido e o poeta, não por vilania, procede daqui à exposição [...] Talvez não lhe interesse que eu, em sua poesia, pense em gênero. Mas meu modo de pensar é assim, porque tenho sempre a filosofia em mente e creio, pois, que se deve sempre conhecer os exemplos puros e os princípios gerais do idílio [...] O idílio parece-me sempre indiretamente cômico, ou seja, ele pertence ao mais alto e nobre gênero cômico. O romântico, em vez disso, parece somente algo de trágico, e até em nossos romances antigo-alemães, em que se abandona majoritariamente o trágico, nunca se vai mais fundo do que um equilíbrio entre o trágico e o cômico» (Franz, 1983, p. 46). Não menos presentes na mente de Hölderlin deviam estar as páginas em que Schiller, após ter oposto tragédia e comédia, atribuía à comédia um nível mais alto, escrevendo que, «se a comédia alcança seu objetivo, ela torna supérflua e impossível toda tragédia» (*sie würde* [...] *alle Tragödie überflüssig und unmöglich machen* — SCHILLER, 1962b, p. 725).

Mais difícil de explicar é o aparente silêncio de Hölderlin sobre o cômico. É como se o poeta, que havia compreendido que a tragédia havia-se tornado impossível, não visse ainda outra passagem para além do trágico senão através da loucura — mas esta devia assumir as características e as maneiras de uma comédia, de um «escárnio sublime». Daí, então, a exagerada cortesia com que acolhe e mantém à distância os visitantes: «Vossa Majestade, vossa santidade, senhor barão, *oui Monsieur*...»; daí as palavras insensatas com que se diverte em surpreendê-los: *Pallaksch, pallaksch, wari, wari*; daí a sublime ironia com a qual responde, a quem lhe pede uma poesia, «Devo escrever sobre a Grécia, sobre a primavera ou sobre o espírito do tempo?», e faz o visitante a quem está lendo uma página do *Hipérion* bruscamente notar: «Olhe, gentil senhor: uma vírgula!» (Waiblinger, 1984, p. 156; trad. it., 1986, p. 32). Dessa perspectiva, os quartetos rimados tardios, monótonos, que assinava com o nome de Scardanelli, são, no sentido de Sinclair, idílios, pertencem certamente ao «mais alto e nobre gênero cômico».

Após os anos de Jena e os dois anos (1796-98) que Hölderlin passou como tutor na casa Gontard, em Frankfurt, durante os quais Homburg foi, muitas vezes, um lugar de refúgio, a parceria com Sinclair em Homburg continuou feliz. «O senhor seu filho — escreve Sinclair, em 6 de agosto de 1804, à mãe do amigo — encontra-se perfeitamente bem e em paz, e não só eu, mas, além de mim, seis ou oito pessoas que o conheceram estão convencidas de que o que parece nele uma perturbação do espírito (*Gemüths Verwirrung*) não o é de fato, sendo antes um modo de exprimir-se assumido por razões bem escondidas (*aus wohl überdachten Grunden angenommene Äusserungs Art*), e fico muito contente de poder aproveitar sua companhia [...] ele mora na casa de um relojoeiro francês, de nome Calame, justamente no bairro que desejava». Como no testemunho de Schelling, a aparente extravagância de Hölderlin é definida como uma maneira «assumida», e não uma loucura. O contraste entre a aparência e as maneiras exteriores de Hölderlin e o que se exprimia em suas palavras é constante em todos os testemunhos. Um amigo de Sinclair, Johann Isaak Gerning, anotara em seu diário: «Sinclair trouxe à minha casa Hölderlin, que se tornou bibliotecário, mas que é um pobre-diabo melancólico: *quantum mutatus ab illo*»; e, em uma nota seguinte, escrevera: «Esta manhã, Sinclair e Hölderlin almoçam comigo. Este último elogiou o meu *Saeculare* (uma sua composição poética do século XVIII) e disse que Ramlet, em vez disso, tratou as coisas de modo muito estreita e antiquadamente lírico». Em todo caso, com especial obstinação, a mãe responde a Sinclair que a carta que recebeu do filho depois de um longo silêncio não a tranquilizou, mas antes lhe fez temer que seu triste estado tivesse piorado.

É nesse ponto que os eventos políticos inserem-se bruscamente na vida de Hölderlin e alteram-na de maneira determinante. Sinclair, que, como *Regierungsrath*, realizava importantes missões diplomáticas em nome do langrave, havia-se unido a um jovem aventureiro, que se fazia chamar de Alexander Blankenstein e havia proposto uma loteria para resolver os problemas financeiros do pequeno estado. Junto com Blankenstein, Sinclair havia muitas vezes se encontrado, em junho de 1804, talvez em presença de Hölderlin, com o burgomestre Baz de Ludwigsburg e o amigo em comum Leo von Seckendorf, ambos influenciados pelas ideias libertárias da Revolução Francesa. Podemos somente imaginar qual era o teor dessas discussões, mas é certo que, diante das vitórias de Napoleão, que estavam alterando o ordenamento das lábeis confederações dos pequenos estados germânicos, Sinclair e seus amigos pensavam em sua transformação democrática como o único modo que teria permitido opor-se às conquistas napoleônicas. É fato que, quando Sinclair deu-se conta da inapreensibilidade de Blankenstein e cancelou a loteria, este se vingou, denunciando-o, em 20 de janeiro de 1805, ao príncipe eleitor e acusando-o de preparar um atentado à vida do príncipe e de seu ministro, o conde Wintzingerode.

Em 7 de fevereiro, em um esclarecimento solicitado pelo ministro, no qual descreve o projeto de Sinclair, «um indivíduo perigoso e ateu», de «fazer da Esvévia o primeiro teatro da anarquia», o aventureiro fala também, com alguma reserva, do nome de Hölderlin: «Seu companheiro Friedrich Hölderlin, de

Nürtingen, que estava igualmente a par de tudo, caiu em uma espécie de loucura (*eine Art Wahnsinn*), e constantemente investe contra Sinclair e os jacobinos e grita, com não pouco espanto para os habitantes do lugar: 'eu não quero ser jacobino' (*ich will nicht Jacobiner sein*)».

Nesse ponto, a situação agravou-se. Apesar de uma fraca resistência por parte do langrave, Sinclair foi preso em 26 de fevereiro, às duas horas da madrugada, diante de uma multidão de quase cem espectadores, entre os quais poderia estar também Hölderlin, e transferido para o cárcere *da Solidão*, em Württemberg. Blankenstein, em uma ulterior informação aos magistrados inquisidores, afirma ter viajado com Sinclair e Hölderlin de Stuttgart a Homburg e que «Hölderlin sabia dos planos de Sinclair», mas que, «pouco depois disso, Hölderlin ficou quase louco (*fast wahnsinnig geworden*) e imprecava violentamente contra Sinclair gritando: 'Não quero ser jacobino, *vive le roi!*'».

Uma vez que Hölderlin corria o risco de ser preso, em 5 de março o langrave emitiu, para o juiz que conduzia as investigações, uma declaração para tentar retirá-lo, se possível, da investigação: «O amigo de von Sinclair, o Magister Hölderlin de Nürtingen, encontra-se em Homburg desde o mês de julho do ano passado. Há alguns meses, caiu em um estado de tão profunda desolação que deveria ser tratado como se (*so als*) estivesse realmente louco (*Rasender*). Grita incessantemente 'Não quero ser jacobino, que vão embora todos os jacobinos! Eu posso em boa consciência comparecer diante do meu gentil príncipe eleitor'. O senhor langrave deseja que a extradição desse homem, no caso de uma investigação, seja tratada com moderação. Se devesse ser considerada, todavia, necessária, o infeliz deveria ser preso e tratado para sempre, porque, nesse caso, a volta a Homburg não seria permitida».

É possível que Hölderlin, na situação de grave risco em que se encontrava, tenha decidido usufruir das suspeitas de loucura que lhe imputavam para se livrar do estorvo. A hipótese é confirmada pelo teor de suas exclamações, que parecem, de propósito, muito racionalmente tentar distanciá-lo dos culpados (insulta o amigo von Sinclair) e do projeto revolucionário do qual poderia ser acusado. Mesmo que a tese de Bertaux de um Hölderlin jacobino não fosse exata (em uma carta ao irmão Karl, de julho de 1793, ele recebe com alegria a notícia do assassinato de Marat, definido como «o infame tirano», e simpatiza antes com Brissot, que representava os girondinos), é certo que ele havia acompanhado com grande envolvimento os eventos franceses e não tinha, portanto, nenhum motivo, senão instrumental, para gritar *vive le roi*, nem para simpatizar com a figura do príncipe eleitor e de seu ministro Wintzingerobe, ambos notoriamente antidemocráticos. Em todo caso, fosse ou não simulada, sua conduta teve efeito. Por outro lado, no interrogatório a que foi imediatamente submetido, Sinclair, enquanto confirmava o estado de alteração mental do amigo («Tem, só raramente, *dilucida intervalla*»), à pergunta de tê-lo ou não ouvido dizer não querer ser jacobino respondeu decididamente que nunca o ouvira, o que certamente correspondia à verdade.

O juiz que dirige a investigação pede informações sobre Hölderlin ao decanato e ao consistório de Nürtingen, que confirmam o estado anormal do possível imputado (apesar da «boa disposição», dos «bons dotes e [d]a diligência» do «*magister* Hoelderle» (*sic*), os «estudos excessivos» e a «imaginação muito doentia» produziram uma «confusão (*Verwirrung*) em seu espírito»). Por último, a pedido da comissão, um médico de Homburg, o *Physicus Ordinarius* Georg Friedrich Karl Müller, emite, em 9 de abril, um certificado que atesta oficialmente, embora com alguma reserva e em um estilo sem nenhum rigor científico, que Hölderlin é assim liberado de qualquer possível imputação:

Posso só parcialmente cumprir a incumbência que me foi confiada a respeito do Magister Hölderlin, uma vez que não sou seu médico e, logo, não conheço a fundo suas condições, e tudo o que posso dizer é que o referido magister Hölderlin, já em 1799, quando chegou aqui, sofria de forte hipocondria [...] que nenhum meio conseguiu tratar e com a qual partiu daqui. Desde então, não tive mais notícias suas até o verão passado, quando ele voltou para cá novamente e ouvi dizer que «Hölderlin voltou, mas está louco». Lembrando-me de sua hipocondria, achei que os rumores não eram exatos, mas quis convencer-me de sua realidade e procurei falar com ele. Como fiquei consternado quando encontrei o pobre homem em tão mal estado (*zerrüttet*), não se podia trocar com ele nenhuma palavra sensata, tomado que era de uma violenta agitação. Repeti algumas vezes minhas visitas, mas sempre encontrei o doente pior, seus discursos, incompreensíveis. Agora sua loucura virou fúria (*Raserei*), de modo que é impossível compreender seus discursos, que soam meio alemão, meio grego e meio latim.

A partir desse momento, o poeta, qualquer que seja seu estado mental, é, de algum modo, obrigado a honrar esse diagnóstico que o subtraiu à prisão. Nos meses seguintes, ele deixa sua casa junto ao relojoeiro Calame e transfere-se para a casa do seleiro Lattner, onde toca piano «noite e dia». Em 19 de junho, encontra novamente Gerning, que registra em seu diário, com a mesma ambiguidade com a qual havia feito um ano antes, o juízo positivo do poeta sobre o poema didascálico que estava escrevendo: «O pobre Hölderlin até elogiou meus pensamentos, mas me disse para não os tornar muito moralistas. É uma mente sã ou doentia que fala nele?». Algumas semanas depois, o mesmo Gerning, em uma carta a Goethe, informa-nos que Hölderlin continua a trabalhar em suas traduções de Píndaro («Hölderlin, que está sempre meio louco, ocupa-se ativamente de Píndaro»). Em 9 de julho, Sinclair é absolvido da acusação e volta para Homburg, onde encontra o amigo em condições tranquilas. Em setembro, encontra em Berlim Charlotte von

Kalb, que, em uma carta a Jean-Paul, que reflete as conversas com Sinclair, escreve sobre Hölderlin: «Este homem está agora furiosamente louco (*wütend wahnsinnig*); não obstante, sua mente subiu a uma altura que só um visionário inspirado por Deus pode alcançar». Meio louco, mas talvez são, louco furioso e, todavia, vidente: os juízos sobre a condição de Hölderlin continuam a oscilar entre dois polos opostos.

Em 24 de setembro, a princesa Marianne da Prússia escreve para sua irmã Marianne de Homburg, que está há meses lendo *Hipérion*, de Hölderlin: «Ah? Como amo esse livro! O que é feito de seu autor?».

Em 29 de outubro, na única carta ao filho que chegou até nós, a mãe de Hölderlin admite ter dado ocasião de o filho odiá-la: «Talvez sem saber nem querer, dei-te motivo de aversão contra mim [...] sê bom, faze-te vivo, buscarei melhorar».

Mesmo os intérpretes mais atentos de Hölderlin continuam a situar o extremo itinerário espiritual do poeta de uma perspectiva trágica. Assim, Bertaux sugere que ele tenha olhado sua vida através do paradigma hegeliano do herói trágico como culpado-inocente e que, depois da morte de Susette Gontard, tenha pensado ser de algum modo culpado por sua morte. «Somente um herói — ele escreve — que seja ao mesmo tempo culpado e inocente — como Édipo, como Antígona — pode ser um herói trágico [...] Somente mediante uma combinação de culpa e inocência o herói torna-se uma figura trágica» (Bertaux, 2000, p. 600). É curioso que, mesmo dando-se conta de que Hölderlin não usa quase nunca a palavra «culpa» (*Schuld*), Bertaux assuma uma analogia e até mesmo uma dependência do paradigma hegeliano do trágico. É verdadeiro exatamente o contrário: como Gianni Carchia intuíra, Hölderlin representa a tentativa de sair da dialética do trágico e de sua falsa conciliação dos extremos. «À mística sacrificial, à união, na morte trágica, dos polos cindidos da arte e da natureza, Hölderlin contrapõe, revelando-a já presente em Sófocles, uma possibilidade bem diversa, finita e excêntrica, em vez de infinita e imanente, de cortar o conflito [...] A respeito das soluções positivas do idealismo pós-kantiano, as quais, no modelo da morte trágica, viram frequentemente um arquétipo do processo de resolução dialética, a posição de Hölderlin configura-se, antes, como um ficar parado diante da tensão kantiana do negativo» (Carchia, 2019, p. 74).

Justamente no final da *Nota ao Édipo*, à conciliação trágico-dialética do conflito entre divino e humano, Hölderlin opõe, antes, uma desarticulação e uma desconexão, que formula na imagem verdadeiramente excêntrica de uma «traição de espécie sagrada»: «O deus e o homem, a fim de que o curso do mundo não conheça lacunas e *a lembrança dos celestes não termine*, comunicam-se na *forma esquecida, de todo, da infidelidade*, uma vez que a infidelidade divina deve ser mantida em mente acima de tudo. Nesse momento, o homem esquece de si e de deus e torna-se, mas de modo sagrado, um traidor. Nos limites extremos da passividade, de fato, não existem senão as condições do tempo e do espaço» (Hölderlin, 1954, p. 220).

Não só a reviravolta ou «traição sagrada» tem aqui a forma de uma desarticulação ou de um esquecimento que exclui toda possibilidade de conciliação dialética, mas, como a *Nota a Antígona* sugere, os personagens da tragédia são subtraídos de sua «figura ideal» (*Ideengestalt*) e situam-se em uma dimensão decisivamente antitrágica, se não propriamente cômica. Eles, de fato, não estão «em uma luta pela verdade, ou como quem decide sua vida, sua propriedade ou sua honra [...] mas um e outro são contrapostos como personagens em sentido estrito, como personagens pertencentes a uma classe, de modo tal que se formalizam» (p. 296). O deslizamento do personagem trágico para o da comédia, caracterizado por sua classe, é confirmado pelo fato de que o conflito trágico esvazia-se de seu conteúdo, torna-se puramente formal, de modo que ele não se configura mais como uma luta pela vida e pela morte, mas, antes — com uma imagem que soa inegavelmente cômica —, como «uma disputa entre corredores na qual perde aquele que primeiro custa a recuperar o fôlego e choca-se com o adversário» (p. 296).

De maneira não menos antitrágica Hölderlin pensa e vive a ausência dos deuses, pela qual ele define a condição de seu tempo. Aqueles que se detiveram na ateologia do último Hölderlin, de Blanchot a Heidegger, não cansam de citar tanto a passagem de *Brot und Wein* na qual o poeta declara, sem reserva, que, na despedida dos deuses, cuja plenitude o homem não é capaz de sustentar, «a errância/ ajuda, como um torpor, e tornam fortes a necessidade e a noite», assim como, sobretudo, a correção dos últimos dois versos da poesia *Vocação do poeta* (*Dichterberuf*), na qual Hölderlin afirma, também peremptoriamente, que o poeta «não precisa de nenhuma arma, de nenhuma astúcia, até a falta de deus ajuda». E, no entanto, eles parecem não se dar conta de que, com uma espécie de niilismo teológico do qual nem mesmo Nietzsche mostrou-se à altura, a morte ou a ausência de Deus não são, aqui, de nenhuma maneira, uma condição trágica, nem se trata, como no último Heidegger, de esperar outra figura do divino. Com uma intuição profunda e paradoxal, na qual realmente, ao poeta, «como ao antigo Tântalo», é concedido ver mais do que pode suportar, ele situa a despedida dos deuses na forma poética e existencial de um idílio ou de uma comédia.

Há um texto, deixado na sombra entre os escritos do poeta, no qual Hölderlin reflete sobre o significado da comédia e, como havia feito Sinclair, menciona, ao lado desta, justamente o idílio. Trata-se da resenha do drama de Siegfried Schmid, *A heroína*, publicado em 1801, na qual ele elabora uma verdadeira e própria teoria do cômico, à qual ocorre restituir toda sua força. A resenha abre-se com um preâmbulo (*Umschweife*), por cuja extensão desculpa-se, no qual procura dar uma definição do cômico, até para desmentir «o injusto preconceito» contra esse gênero. A característica própria do cômico é dar uma «imagem fiel, mas poeticamente compreendida e artisticamente exposta, da vida considerada habitual (*des sogennantes gewöhnlichen* [...] *Lebens*)». Esta, por sua vez, é logo definida como a vida «que está em uma relação fraca e distante quanto ao todo e que, precisamente enquanto é, em si mesma, em alto grau, insignificante, deve ser compreendida poeticamente como infinitamente significante» (Hölderlin, 1962, p. 300).

Essencial no cômico é o mesmo elemento «comum e habitual (*Gemeine und Gewöhnliche*)», do qual o poeta, na carta a Neuffer de novembro de 1978, censurou-se por se proteger. E, se na vida habitual em questão está o enfraquecimento da relação com o todo, o poeta que queira representá-la poeticamente «deve arrancar todas as vezes um fragmento da vida de seu próprio contexto vital» e, todavia, ao mesmo tempo, «resolver e mediar (*lösen und auszumitteln*)» o contraste do que, nessa separação, parece «excessivo e unilateral» (p. 301). E ele pode fazê-lo não tanto «elevando-o e tornando-o sensível» como tal, e sim apresentando-o como uma «verdade natural (*Naturwahrheit*)»: «justamente lá onde sua matéria foi mais subtraída da realidade, como no idílio, na comédia e na elegia, ele deverá furtar com especial excelência, enquanto lhe dá uma visão esteticamente verdadeira e o representa em sua mais natural relação com o todo» (p. 301).

O que ocorre com o cômico é que aquilo que é mais comum e insignificante — a vida habitual — torna-se «infinitamente significante» (*unendliche bedeutend*) e, embora isolado de seu contexto vital, mostra-se como uma verdade da natureza. *Mas não é justamente isso que, nos 36 anos passados na torre, a vida e a poesia de Hölderlin buscaram obstinadamente, exemplarmente e comicamente fazer?* E a vida «habitual» não é aquela mesma «vida habitante» (*wohnende*, isto é, que vive segundo hábitos e habitudes) que aparece distante e realizada no último idílio da torre: *Wenn in die Ferme geht der Menschen wohnende Leben...* «Quão longe é a vida habitante dos homens...»? Em todo caso, se Hegel define os idílios como «poemas metade descritivos e metade líricos, que têm, por objeto, principalmente a natureza e as estações», os poemas da torre — esse legado poético extremo, incomparável, do Ocidente — são, tecnicamente, idílios.

Figura 8. Anônimo, Silhueta de Hölderlin como Magister, 1795.

CRÔNICA (1806-1843)

1806

1º de janeiro. Abolição do calendário revolucionário na França e restauração do calendário gregoriano.

Em janeiro, depois de ter derrotado as tropas austro-russas comandadas por Kutusov em Austerlitz, em dezembro de 1805, e de ter concluído, em 26 de dezembro, o tratado de paz de Pressburg, Napoleão propõe a formação de uma confederação de pequenos estados alemães sob a proteção da França, o chamado Rheinbund, *que nascerá, oficialmente, em 12 de julho e levará, pouco depois, à dissolução do Sacro Império Romano, o que acarretará imediatas e desastrosas consequências na vida de Hölderlin.*

14 de janeiro. Do diário de Goethe: «À noite, no teatro, os ensaios de Stella *[...] Uma vez que, segundo nossos costumes, que se fundam na monogamia, a relação de um homem com duas mulheres, especialmente como a aqui apresentada, não pode ser aceita, ela não pode tomar a forma senão de uma tragédia».*

31 de janeiro. Goethe, que, como conselheiro secreto, exerce a função de Ministro da Cultura do ducado de Weimar e sofre de problemas urinários, exclama em uma conversa: «Ah, se o bom Deus quisesse me doar um daqueles rins russos sãos caídos em Austerlitz!».

Em 13 de fevereiro, Napoleão escreve ao Papa: «Vossa Santidade é soberana em Roma, mas eu sou seu Imperador. Todos os meus inimigos devem ser também os vossos». Quatro dias depois, o imperador ordena que seja construído o arco do triunfo da Étoile.

1806

14 de janeiro. A mãe de Hölderlin pede ao consistório de Nürtingen uma contribuição para as despesas necessárias para o tratamento do filho doente, as quais «exauriram até o patrimônio herdado do pai». Como o protocolo do consistório registra em cursivo: «A viúva do pároco Gockin (*sic*), para uma *Gratial pro filio, stip. M. Hölderlin*,[2] por motivo de doença. Manter em suspenso».

Abril. Sinclair retorna para Homburg de Berlim, onde havia publicado uma poesia dedicada a Hölderlin.

30 de abril. Do protocolo do consistório de Nürtingen: «A viúva do *CammerRath* Gock pede um apoio para seu filho, o doente *stipendiarium M. Hölderlin. Ad acta*».

11 de junho. Do protocolo do consistório de Nürtingen: «A viúva *CammerRath* Gock pede um apoio para seu filho, o doente M. Hölderlin. *Concl.*: Uma vez que nem do *exhibito* nem da notícia anexada é possível verificar onde M. Hölderlin se encontra atualmente, deve-se informar a propósito o decanato de Nürtingen. *Concl ex post*: recomendar ao Departamento Superior de Finanças pelo menos uma quantia de 100 táleres, para poder então proceder».

2   «Gratial» é uma espécie de pensão oferecida em diferentes situações. A expressão em latim, por extenso *Gratial pro filio, stipendiarium Magister Hölderlin*, pode ser traduzida como «Pensão em favor do filho, sendo beneficiário o Professor Hölderlin». [N. E.]

Em 21 de março, Pio VII responde a Napoleão: «Vossa Majestade afirma, em princípio, que é Imperador de Roma. Nós respondemos com apostólica franqueza que o soberano Pontífice, tornado, depois de tantos séculos, como nenhum soberano pode gabar-se, soberano de Roma, não reconhece nem nunca reconheceu nos seus Estados nenhum poder superior ao Seu».

Em 30 de março, depois de as tropas francesas derrotarem, em fevereiro, as últimas resistências burbônicas, e o rei Ferdinando retirar-se da Sicília sob a proteção da frota inglesa, José Bonaparte assume o título de rei das duas Sicílias.

30 de abril. Do diário de Goethe: «Ao meio-dia, experimentos e conversas com Reimer. À noite, no teatro, Cosí fan tutte».

24 de junho. Carta de Goethe a Hegel: «Meu caro Senhor Doutor, pode ver no documento anexado (o rescrito do ministro Vogt que concedia a Hegel uma retribuição de 100 táleres) que eu não parei de trabalhar em silêncio para o senhor. Certamente gostaria de poder anunciar-lhe mais: mas, nesses casos, ganhou-se muito para o futuro, se houve um bom início».

Em 17 de julho é criada, em Paris, a Federação de Lembranças do Reno, com a assinatura do chamado Rheinbundesakte, por obra de dezesseis príncipes da Alemanha meridional, que se punham, assim, sob a proteção do imperador Napoleão, obrigando-se a fornecer-lhe tropas e dinheiro. O pequeno estado de Homburg, onde Hölderlin encontrava-se, é incorporado ao Grão-Ducado de Hessen-Darmstadt.

4 de agosto. Goethe deixa os banhos de Karlsbad, para onde tinha ido por conselho médico, e viaja para Weimar. «Partida cedo, por volta das seis, de Eger. Tempo ruim [...] Em Hasch, encontramos uma vendedora de frutas que nos vendeu seis perinhas por 1 soldo. Chuva forte. À noite, por volta das sete, notícias da declaração

Em consequência da formação da Confederação do Reno e da dissolução do Sacro Império Romano, o pequeno estado de Homburg é incorporado ao Grande Ducado de Hessen-Darmstadt. Sinclair teme perder sua posição a serviço do langrave e, compreensivelmente preocupado com a nova situação, em 3 de agosto escreve, talvez muito precipitadamente, uma carta à mãe de Hölderlin, para pedir-lhe que faça o filho voltar para Nürtingen:

Honradíssima senhora conselheira,
as mudanças que infelizmente se verificaram na situação do sr. Langrave, que também da senhora serão conhecidas, obrigaram-no a restrições e aboliram, pelo menos em parte, minha presença neste lugar. Não é mais possível, portanto, que meu desafortunado amigo, cuja loucura atingiu um nível muito alto, continue a receber um estipêndio e permaneça aqui em Homburg, e foi-me então pedido para rogar-lhe que mande buscá-lo. Suas esquisitices irritaram o populacho contra ele a tal ponto que, em minha ausência, poder-se-iam temer os mais graves maus-tratos à sua pessoa, e o prolongamento de sua própria liberdade poderia ser perigoso para o público. Uma vez que nesse país não existem instituições adequadas, é preciso, por pública precaução, afastá-lo daqui. O quanto isso me causa dor, podes bem imaginar, mas a necessidade deve prevalecer sobre qualquer sentimento, e, nesses tempos, habituamo-nos a uma semelhante constrição. Será meu dever, até para o futuro, cuidar de Hölderlin o mais possível, mas as circunstâncias não me permitem agora exprimir-me de modo exato.
Queira aceitar, de minha parte e de minha mãe, a certeza de nossa amizade e de nossa total estima pela senhora e por sua família.

Seu devotíssimo,
Dr. Isaac von Sinclair

É possível que Sinclair, para convencer a mãe, tenha exagerado as condições do amigo, que, poucos meses antes, ele oficial da Confederação do Reno e do protetorado francês [...] Em 1° de agosto, os princípios da confederação foram formalmente dissolvidos pelo Sacro Império Alemão. Reflexões e discussões. O jantar estava bom».

8 de agosto. «Partida às seis. Na viagem, falamos de política e achamos novos títulos para Napoleão: Nós Napoleão, Deus às costas, Maomé do mundo, Imperador da França, impostor e protetor do universo empírico etc. [...] Além do mais, descoberta da doutrina de Fichte nas ações e nos procedimentos de Napoleão [...] De novo, na taverna da estrela de ouro. Jantar leve...».

Carta do conselheiro secreto Goethe ao comissário de polícia em Jena (mesma data): «Meu criado Gensler, que está comigo há um bom tempo e cumpriu seu dever para minha discreta satisfação, recentemente se comportou, em relação à minha família e a meus convidados, de modo rude, ofensivo, grosseiro e colérico. As repreensões e as ameaças tiveram um efeito apenas momentâneo, e eu tive de suportar muitos incômodos [...] Agora, durante minha viagem a Karlsbad, sua conduta indócil mostrou-se sem limites, e ele não só tratou vergonhosamente meus companheiros de viagem, mas também, durante a viagem de volta, deu livre vazão à sua maldade e à sua perfídia em relação ao cocheiro [...] Peço para ordenar que as coisas pertencentes ao supracitado Gensler sejam confiscadas, e que Gensler seja mantido em custódia até a completa solução do assunto, a fim de que eu e os meus sejamos protegidos de seu comportamento que beira a loucura furiosa».

Em 9 de agosto, o rei da Prússia, Frederico Guilherme III, para enfrentar a expansão de Napoleão na Alemanha, mobiliza o exército e, aliando-se à Rússia e à Inglaterra, entra em guerra com a França.

19 de agosto. Goethe, ao professor Luden: «Este fragmento, que se chama Fausto, é só uma parte de uma grande, sublime, aliás, divina tragédia. Nessa tragédia, uma vez terminada, será

mesmo havia descrito como tranquilas. Por outro lado, as «restrições» que a carta menciona não implicavam o encerramento das funções de Sinclair, uma vez que ele permaneceu a serviço do langrave e empenhou-se ativamente para evitar a dissolução (na terminologia burocrática do tempo, definida como *Mediatisierung*) do estado de Homburg. É provável que, justamente em antecipação às frequentes ausências de Homburg que se teriam tornado necessárias, ele tenha pensado em confiar Hölderlin à mãe, sem imaginar as consequências de sua carta.

A mãe, sem nem ao menos fazê-lo passar por Nürtingen para verificar suas condições, decide fazer seu filho ser acompanhado à força à clínica do prof. Autenrieth, em Tübingen, onde Hölderlin é internado em 15 de setembro. O transporte custa 137 florins.

11 de setembro. A langrave Caroline von Hesse, para sua filha, a princesa Marianne da Prússia:

> *Le pauvre Holterling a ete transporte ce matin pour etre remis a ses parents il a fait tous Ses efforts pour se jetter hors de la Voiture mais l'homme qui devoit avoir soin de lui le repoussa en Arriere, Holterling croit que des Arschierer l'amenes et faisoit de nouveaux efforts et grata cet homme, au point, avec ses ongles d'une longueur enorme qu'il etoit tout en sang.*

Werner Kirchner: «Era a manhã de 11 de setembro de 1806 quando chegou a viatura que devia levar Hölderlin de volta à pátria. Foi necessário empurrar o louco para dentro da carruagem à força. Repetidamente ele tentou pular do veículo, e em todas as vezes o homem que o acompanhava punha-o de volta sentado. Hölderlin gritava que os guardas estavam-no levando embora e defendia-se com as unhas, extraordinariamente longas, a ponto de seu acompanhante estar recoberto de sangue. Daí pode-se entender qual loucura o havia abatido. Ele *representado o espírito de toda a história mundial, ela será a imagem da vida da humanidade, que abarcará o passado, o presente e o futuro [...] Fausto é o representante da humanidade».*

1º de setembro. «*Por volta das oito, partida de Jena. Em viagem para Weimar, leitura da* Arte poética, *de Horácio. Imprevisto temporal. À noite, na Comédia,* Minna von Barnhelm, *de Lessing. Os dois primeiros atos são belos e bons, pela trama e pelo desenvolvimento. O terceiro ato estagna. Não se sabe onde se pegar».*

6 de setembro. «*Bebida a água do Eger. Continuado o projeto da Geognose. Na biblioteca. À tarde, no casamento do senhor von Pappenheim com a senhorita von Waldner».*

11 de setembro. Do diário de Goethe: «*Bebida a água do Eger. Com o Sereníssimo (o grão-duque Carlos Augusto), na* romïsche Hause».

16-17 de setembro. Do diário de Goethe: «*À noite, com o Sereníssimo, para algumas incumbências em sua ausência [...] Em casa do Sereníssimo, para cumprimentá-lo por sua partida (como general no exército prussiano)».*

Em 13 de outubro, Hegel vê, em Jena, as primeiras vanguardas francesas entrarem na cidade, pouco depois vê passar Napoleão a cavalo. No mesmo dia, escreve ao amigo Niethammer: «*Vi o imperador — este espírito do mundo — cavalgar, em reconhecimento, fora da cidade. É realmente uma sensação maravilhosa ver um tal homem que, sentado no cavalo e concentrado em um único ponto, debruça-se sobre o mundo e o domina».*

Em 14 de outubro, a armada francesa derrotou duramente as tropas prussianas em Jena e em Auerstädt. O duque de Weimar, Carlos Augusto, a cujo serviço Goethe estava, era aliado da Prússia, e, no mesmo 14 de outubro, os primeiros soldados de infantaria tinha na memória a imagem do modo como, no ano anterior, Sinclair havia sido levado para a prisão em Württemberg».

Tanto a Landgräfin como Kirchner, cujos testemunhos parecem derivar de uma fonte comum, foram erroneamente convencidos de que Hölderlin teria sido levado para a casa materna. A notícia sobre o transporte forçado de Hölderlin foi acrescentada ao final da carta da Landagräfin, talvez em um segundo momento, seguinte àquele em que a carta fora datada. A passagem imediatamente anterior acena jocosamente a uma outra loucura, que talvez tenha servido de inspiração para a de Hölderlin: *La nouvelle Duchesse de Nassau est à Francfort depuis mardi penses M. de Bismarck le fameux est rentre au service et on dit a cet heure qu'il est devenu fol et que sa folie s'est decline a table qu'il a jette des boules de paines à la figure de ma Cousine.*

Quanto ao testemunho de Kirchner, ele é contraditório: a resistência de Hölderlin, por um lado, é explicada pelo temor — certamente compreensível, visto que o obrigavam a subir na carruagem à força — de ser preso como Sinclair; por outro, ela é usada como prova de sua loucura. A obstinação com a qual Hölderlin busca escapar do transporte forçado explica-se perfeitamente caso se suponha, como é mais do que provável, que seus acompanhantes houvessem-no informado do verdadeiro destino da viagem.

Os protocolos da *Clinicum für Wahnsinnige*, de Tübingen, registram laconicamente a hospitalização de Hölderlin na clínica, de 15 de setembro a 3 de maio de 1807: «Magister Hölderlin, de Nürtingen, de 15 de setembro de 1806 a 3 de maio de 1807, 321 dias».

Michael Franz, em sua minuciosa reconstrução dos eventos de setembro de 1806, fez notar que dificilmente a viagem entre Homburg e Tübingen podia durar quatro dias (de 11 a 15 de setembro) e sugeriu que Hölderlin, como parece possível entram em Weimar, saqueando a cidade. Goethe e seu colaborador, Riemer, acolhem os soldados franceses nas portas da cidade, oferecendo vinho e cerveja e assegurando-lhes que não há mais tropas prussianas em Weimar. Para proteger-se do saque, Goethe faz saber que havia colocado sua casa à disposição do marechal Ney e de seu séquito. Apesar de alguns incidentes na noite de 14 de outubro, o plano é bem-sucedido e sua casa é poupada («Estamos vivos! Nossa casa salvou-se como por milagre do saque e dos incêndios»).

«Naquela infeliz noite — escreve mais tarde ao editor Cotta —, minha maior preocupação dizia respeito a meus papéis, e com razão, já que os furtos nas outras casas haviam causado graves danos e, quando não os haviam destruído, haviam espalhado por toda parte. Após ter superado esse período, apressar-me-ei ainda mais, no futuro, para publicar meus manuscritos».

Em 15 de outubro, Napoleão chega a Weimar e, na ausência de Carlos Augusto, que estava no comando de uma vanguarda prussiana, é imediatamente recebido pela duquesa Luisa, a quem ele trata, segundo as palavras da soberana, três impoliment. Conforme um testemunho, Napoleão teria dito à duquesa: «Je vous plains, Madame. J'écraserai votre mari». É provável que Goethe, «empoado e em traje de corte», estivesse presente no encontro. Em todo caso, na data de 15 de outubro, seu diário anota: «Na corte, para a chegada do Imperador».

Nos dias e meses imediatamente seguintes aos eventos de outubro, Goethe, compreensivelmente preocupado com seu futuro, decide reorganizar sua situação pessoal jurídica e econômica. Se Napoleão houvesse decidido, como podia fazer, abolir o ducado de Weimar, Goethe teria perdido sua renda anual de 1990 táleres e, provavelmente, também a casa onde morava, da qual não era ainda oficialmente proprietário. Em 29 de outubro, casa-se com Christiane Vulpius, com quem vivia, e reconhece legalmente seu filho Augusto.

deduzir de uma carta da senhora von Proek a Zwilling, tenha sido provisoriamente alojado em uma cabana.

Johan Heinrich Ferdinand Autenrieth, que dirigia a clínica de Tübingen, havia estudado medicina em Pavia e não era o que hoje se define como psiquiatra. No entanto, em sua clínica se havia ocupado dos doentes mentais, bem como inventado uma máscara para impedir que eles gritassem. De acordo com o que ele mesmo declara, o uso dessa espécie de focinheira, junto com uma simples amarra nas mãos, que ele declara preferir à camisa de força (ou «camisa inglesa»), tinha o poder de acalmar os pacientes. Não sabemos se Hölderlin também foi submetido a esse tratamento.

> Mandei fabricar, com couro de solas de sapato, uma máscara que cobre o queixo por baixo com sua parte também de baixo e que, à altura da boca, tem uma protuberância de couro fino, levemente acolchoada em sua parte interna. Nessa máscara, corto uma abertura para o nariz e duas para os olhos. Duas tiras horizontais, que são aplicadas na máscara, fixam-na, passando sob e sobre as orelhas, na nuca, enquanto uma terceira tira, mais larga, que corre pelo lado da máscara, aperta debaixo da abertura da boca e é amarrada com uma fivela por cima, na cabeça, de modo a impedir a abertura da boca, enquanto os lábios são pressionados pelo forro macio. Amarro as mãos para trás com uma cordinha macia de algodão e deixo a pessoa caminhando por meia hora, ou até uma hora [...] Gostaria de propor essa inocente máscara como instrumento necessário em todas as instituições para doidos. Sempre achei a camisa inglesa muito difícil de vestir em um louco que se defenda. Certamente não é mais fácil do que simplesmente amarrar as mãos cruzadas às costas com uma cordinha de algodão. Raras vezes é necessário prolongar esse tratamento, como também usar a máscara por mais de uma hora. Obtém-se do doente pausas de muitas horas ou de meias jornadas, com frequência um paroxismo de tranquilidade voluntária que dura mais dias ou semanas inteiras.

19 de outubro. «Goethe, com sua esposa, seu filho e comigo (Riemer) como testemunha, vai à Igreja do castelo e o casamento é celebrado na sacristia. O Conselheiro Consistorial Superior Günther realizou a cerimônia no modo mais conveniente». «Em relação a seu casamento, Goethe disse que, em tempos de paz, pode-se ignorar as leis, mas, em tempos como esses, é preciso respeitá-las» (J. von Schopenhauer). «Para o casamento de Goethe, não pude desejar felicidade e preferi calar-me» (Charlotte von Schiller).

20 de outubro. Vivant Denon, Comissário para as Artes de Napoleão, pede a Goethe que pose para um retrato de perfil, executado pelo gravador Zix.

21 de outubro. Carta de Goethe ao ministro Vogt: «Pode vossa excelência fazer-me pagar 100 ou 200 táleres, uma vez que me restam poucos fundos para ocupar-me durante o inverno das coisas de Jena? Meu dinheiro vai embora como a água através de uma peneira».

Carta de Goethe a Vivant Denon: «Eu me culpo, porque, por ocasião de sua presença, meu estimado amigo, eu não senti senão a alegria de Vos rever e esqueci a miséria que me envolve. Apenas partistes, e os males com os quais a Academia de Jena está sobrecarregada foram-me novamente apresentados por alguns dignos membros...».

24 de outubro. Carta de Goethe a Cotta: «As provas de impressão do quarto volume (das Obras) finalmente chegaram [...] mesmo em relação às outras, que já estavam aqui, posso estar, no geral, satisfeito e, sobretudo, queremos agradecer a Deus por ter chegado a tal ponto [...] além do mais, quero apressar-me para publicar meus manuscritos. O tempo da hesitação passou, as horas confortáveis nas quais nos lisonjeávamos com a esperança de levar a termo nossas tentativas e de realizar o quanto havíamos só projetado».

O registro da clínica conserva as seguintes prescrições para o Magister Hölderlin:

Na data de 6 de setembro, por mão de Autenrieth:
    Beladona   6 gramas
    Digitalis purpurea — em infusão   2 gramas
    de água de camomila com anis.
    Uma colher, três vezes ao dia

Em 17 e 18 de setembro, por mão de Justino Kerner:
    mesma prescrição, 4 colheres

Em 18 de setembro, por mão de Autenrieth:
    Um quarto de litro de vinho, por dois dias

Em 21 de setembro, por mão de J. Kerner:
    Como antes

Em 21 de setembro, por mão de Autenrieth:
    Tintura de Cantáride   2 gramas
    Mercúrio doce   16 gramas
    Ópio puro   4 gramas
    Açucar branco   1 onça
    Misturar e dividir em 8 partes iguais

Em 30 de setembro, por mão de J. Kerner:
    Repetir como antes.

9 de outubro, Stuttgart:
Relatório do Ministro e Ordenança Real
    O M. Hölderlin, em razão de seus talentos, havia dado desde jovem boas esperanças para si mesmo. Após um bom percurso de estudos, foi autorizado, como bolsista, a aceitar um posto de preceptor no exterior, do qual retornou à pátria em 1804. Mas logo se manifestaram sinais de uma doença nervosa e vestígios

12 de novembro. «*Correção das dez folhas da prova de impressão da* Doutrina das cores *[...] Depois do almoço, Meyer. À noite, na casa de Madame Schopenhauer, com Fernow, Meyer, o conselheiro Ridel, Schütze*». «*Goethe tinha um humor muito singular, contava uma piada depois da outra, era realmente esplêndido. Raramente rimos tanto assim...*». «*Falava-nos da Itália, da língua italiana e de seus diversos dialetos, a respeito dos quais Fernow comunicou-nos suas observações*».

Em 16 de novembro, a Prússia, derrotada, assina em Charlottenburg uma trégua com a França. Em dezembro, com o tratado de paz de Posen, o ducado de Weimar é incluído como estado soberano no Rheinbund. «*A confirmação de nossa minúscula existência política é, para nós, algo grandíssimo*», escreve o ministro Voigt ao embaixador von Müller. O preço a pagar não é indiferente: o duque obriga-se a colocar à disposição do Imperador um contingente de 800 homens e a alojar 80 mil soldados franceses e 22 mil cavalos até a primavera de 1808. Deverá, além disso, transferir 2,2 milhões de francos para a França, que equivalem à renda anual do ducado.

Entre 25 e 29 de dezembro, Goethe escreve ao Duque uma longa carta, pedindo-lhe que regule definitivamente os próprios negócios.

«*Para as pessoas que me são caras no momento* — escreve —, *posso contar com nada menos do que a casa que há tempos recebi de sua providencial generosidade e para cuja propriedade é preciso ainda um último passo [...] será uma festa para mim e para os que me são caros o átimo no qual a base da propriedade será consolidada sob nossos pés, depois de, por diversos dias, vacilar sobre nossas cabeças e ameaçar desmoronar*».

periódicos de uma imaginação doentia, devidos, segundo o testemunho de seu médico em Nürtingen, a um excesso de estudos noturnos e à negligência do movimento necessário. Por isso, deve-se temer que dificilmente poderá curar-se completamente. Sua mãe, nesse meio-tempo, adotou todos os meios para a saúde do filho e acha-se, por ora, tendo sacrificado até os recursos paternos, na necessidade de recorrer a Vossa Majestade Real por uma pequena ajuda.

O Departamento Real das Finanças propõe, conforme o que se faz nesses casos para os pobres e desventurados bolsistas, uma ajuda anual de 150 florins, até a cura do M. Hölderlin.

Anotação em 12 de outubro: «Sua Majestade Real quer que seja graciosamente concedido ao M. Hölderlin, em Nürtingen, a ajuda pedida pelo Ministério, de 150 florins, até a cura».

16 de outubro
«À viúva conselheira Gockin, em Nürtingen, é concedida, para o tratamento de seu filho doente, M. Hölderlin, uma ajuda anual de 150 florins, até que ele próprio esteja curado».

16 de outubro, do registro da clínica, por mão de J. Kerner:
«Como antes»

17 de outubro, do registro da clínica, por mão de Autenrieth:
    Goma de aloé   3 dracmas (1 dr. = gr. 3,654)
    Tártaro vitriolado   3 dracmas
    Açúcar branco   3 onças
    Água de camomila com anis   3 onças
    Água de anis   3 onças
    Uma colher cheia a cada duas horas

As prescrições repetem os protocolos terapêuticos da clínica, em cuja seção «Sobre a mania» lê-se:

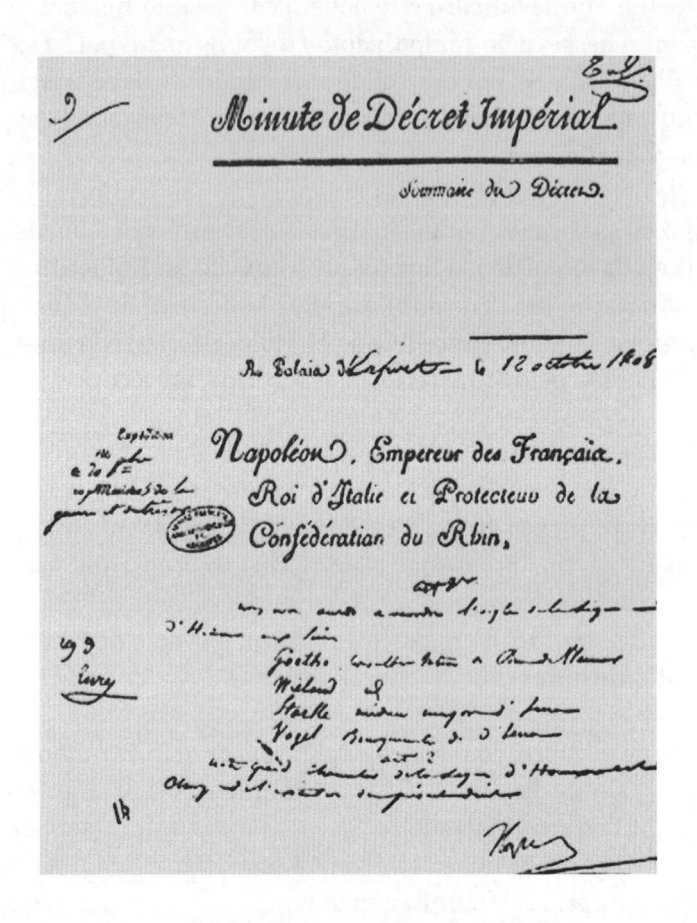

Figura 9. Decreto de Napoleão que concede a Legião
de Honra a Goethe, 12 de outubro de 1808.

Com beladona, ou digital purpúrea, o sistema nervoso do maníaco é atordoado, e isso parece ter consequências também para a cura [...] o tratamento com mercúrio, sozinho ou em relação a uma inflamação externa, provoca febre e, nesse caso, são indicados os *drastica*, isto é, o uso de aloé e de heléboro-preto [...] o uso constante de excitantes adequados, café ou vinho, junto com um pouco de alimento, acalma o humor, e alguns dias fazem passar esse estado que parece perigoso.

Do registro da clínica, em 21 de outubro:
«M. Hölderlin, passear».

1807

7 de fevereiro. Do diário de Goethe: «Lida a Óptica, de Newton. Na casa do Sereníssimo, até a partida. Após o almoço, veio Fernow e trouxe quatro retratos [...] À noite, Faniska».

23 de março. As tropas francesas entram em Madri.

29 de março. Hegel publica Fenomenologia do espírito.

3 de maio. Carta de Goethe a Schmidt: «Receberá, por intermédio do senhor Haide, três peças: Egmont, Stella e O enigma. Desejo que possa utilizá-las. Prosseguida A viagem à Suíça. Depois do almoço, Fernow e o doutor Haberle. À noite, Meyer, Vogt e a esposa e Falk, para o chá».

23 de maio. Do diário de Goethe: «Às oito, carta para o conselheiro Vogt. Resposta a um expresso. O escultor de medalhas Manfredini fez a medalha de Bodoni. Talvez seja o mesmo que, depois da batalha de Jena, fez a medalha com a imagem de Napoleão. Às dez, comecei a ditar um novo conto. No café da manhã, na casa de Hendrick. Depois, com ele e Knebel, fomos ao campo de batalha de Jena. Desenhadas quatro vistas do campo de batalha».

28 de maio. A armada napoleônica derrota, em Mileto, o exército bourbônico comandado pelo príncipe de Assia-Philippsthal.

14 de junho. Napoleão derrota o exército russo em Friedland.

1807

Justinus Kerner, que devia, em seguida, manifestar um crescente interesse pelas poesias de Hölderlin, trabalhava então como aprendiz na clínica de Autenrieth e, como resulta das prescrições, estava encarregado de seguir as condições do poeta; em uma carta dos primeiros meses de 1807, ele refere por escrito suas impressões:
«O senhor Hölderlin está ainda bastante mal, estive com ele hoje, falava nada menos que de Con.flex e de outras coisas confusas, que me davam tristeza por ouvi-las. É, por isso, deplorável que, em sua desventura, Weisser persiga-o tão miseravelmente e desconheça-lhe a razão que ainda certamente tinha.»

Não é claro o que poderia significar o termo *Con.flex*, que Adolph Beck acreditou ler no texto manuscrito da carta de Kerner. Descartada a hipótese sugerida por Beck de um termo da gramática latina, pensou-se em uma deformação da palavra *Conflux*, que Austenrieth usa em seus escritos para explicar a loucura («percebe-se que, quase sempre, a confluência [*der Conflux*] de causas psíquica e físicas produz a mania»). Uma vez que parece pouco provável que Autenrieth tenha usado o termo falando com seu paciente, *Conflex* deveria ser considerado, ao lado de *Pallaksch* e *wari wari*, como o primeiro entre os vocábulos privados de sentido com que Hölderlin costumava surpreender seus visitantes.

Da resenha de Friedrich Weisser sobre a elegia *Herbstfeier* (Festa de outono), de Hölderlin, publicada no *Musenalmanach fur 1807*, de Leo von Seckendorf:

7-9 de julho. Napoleão assina, em Tilsitt, um tratado de paz com o czar Alexandre I e com o rei da Prússia, Frederico Guilherme II.

13-14 de julho. Do diário de Goethe: «No final do dia, o Senhor von Mohrenheim, secretário da legação russa, que me trouxe o Anfitrião, de Kleist. Eu o li e espantei-me, como em um singular sinal dos tempos [...] O significado antigo no tratamento do Anfitrião dizia respeito à confusão do pensamento e à cisão do pensamento da convicção [...] O presente, Kleist, procura nos personagens principais a confusão dos sentimentos. O drama de Kleist contém nada menos do que uma interpretação do mito no sentido cristão, uma ofuscação de Maria pelo Espírito Santo. É assim na cena entre Zeus e Alcmena. Mas o fim é lamentável. O verdadeiro Anfitrião deve gostar do fato de Zeus ter-lhe feito essa honra. De resto, a situação de Alcmena é penosa, e a de Anfitrião, afinal, cruel».

3 de agosto. Nas termas de Karlsbad. «Nas fontes do castelo, com o conselheiro Becker, que me falou das iniciativas do Augusteum e de diversos outros gabinetes de medalhas [...] Depois, com o príncipe Solms, primeiro na fonte do castelo, depois na fonte de Teresa. Depois, com Mükler, que trouxe consigo belos impressos e fragmentos da rocha cinza de Lessau. Visita de Cramer: diversas coisas sobre Viena, sobre o teatro de Viena e outras coisas do gênero».

28 de agosto. Do diário de Goethe: «O jarro quebrado (de Kleist) tem méritos extraordinários, e a representação inteira impõe violentamente sua presença. Pena que o drama pertença ao gênero do teatro que não se pode ver. O talento do autor, por mais vivamente que seja capaz de representar, inclina-se muito ao dialeto, como ele mesmo manifestou com esse modo de proceder estacionário. Se houvesse sido capaz de executar com naturalidade e habilidade uma tarefa realmente dramática e houvesse deixado que a ação se desenvolvesse diante de nossos olhos e de nossos sentidos [...] teria sido um grande presente para o teatro alemão».

O senhor Hölderlin, que, sempre de novo e sempre em vão, atormenta-se para comunicar o inexprimível em seus cantos, abre a coletânea com uma poesia, *Festa de outono*, que começa *Ainda uma alegria é vivida!*. Vê-se que o senhor Hölderlin, às vezes, desce de suas alturas. Pelo menos a exclamação «Ainda uma alegria é vivida» e, pouco depois, «Novamente está aberta uma sala, e o jardim é saudável» têm mais da prosa que da poesia. O vale, que «alto sussurra de vegetação», é um não sentido, e onde se deve buscar um «reino do canto», no qual «se aventuram todas as asas amarradas», somente o céu e o senhor Hölderlin podem sabê-lo.

7 de fevereiro. Carta de Seckendorf a Kerner: «O destino de Hölderlin toca-me de perto. Como ele pode sobreviver no mundo sem relacionamentos, sem cuidados, sem poder encontrar, na amizade, conforto e satisfação para seu coração atormentado? É realmente triste: uma solidão mortal, precisamente, e o contínuo cismar destruíram-no. Cumprimente-o calorosamente de minha parte, se é capaz de lembrar-se de mim — pode dar-se conta e demonstrar algum interesse? Não sabe que algumas de suas poesias foram publicadas no almanaque, porque, quando escrevi a Sinclair, não consegui encontrá-lo».

3 de maio. Hölderlin é dispensado da clínica e confiado ao marceneiro Ernst Zimmer e à sua esposa, que o alojaram na casa deles, dotada de uma torre sobre o Neckar. «Na clínica [...] ia tudo sempre pior — escreverá Zimmer, muitos anos depois. Eu havia lido seu *Hipérion*, do qual gostara de uma forma extraordinária. Visitei Hölderlin na clínica e lamentei-me por uma mente tão soberanamente bela arruinar-se. Já que, na clínica, não havia mais nada para ele fazer, o chanceler Autenrieth propôs-me levá-lo para minha casa, pois não podia imaginar um lugar mais adequado. Hölderlin era e ainda é um grande amigo da natureza e, de seu quarto, podia ver todo o vale do Neckar e o do Steinlach». Nessa casa, Hölderlin morará por 36 anos, até sua morte.

Metade de setembro. «O teatro de Weimar adquiriu um amável tenor que nos permite ter boas esperanças».

26 de outubro. Do diário de Goethe: «Lido o discurso de Schelling, Über Verhältnis der bildende Kunst zur Natur. *Passeio e, depois, casa da senhora von Stein*».

27 de outubro. Convenção secreta entre Napoleão e o Primeiro-ministro espanhol, para a divisão de Portugal entre França e Espanha.

O quarto no andar superior da torre, «um pequeno quarto caiado e em forma de anfiteatro», queimado em 1875, foi reconstruído (em forma circular, e não mais hexagonal, como era originalmente) e pode ser visitado. A vista é realmente estupenda.

23 de maio. De uma carta de Sinclair a Hegel: «De Hölderlin não sei nada, senão que o doutor Autenried (sic) tem-no sob tratamento em Tübingen. Não sei com qual resultado. No almanaque de Seckendorf, foram publicadas algumas de suas coisas, escritas em seu estado atual, mas que considero incomparáveis, e que Fr. Schlegel e Tieck, a quem falei sobre isso no ano passado, julgam como as mais altas de seu gênero em toda a poesia moderna. Queira Deus que esse terrível destino passe de uma vez por todas!».

13 de agosto. De uma carta de Seckendorf a Kerner: «Sinclair mandou-me há pouco umas poesias de Hölderlin e pede-me a participação dele. Temo que seja incurável! Homem extraordinário! Portanto, não esqueceu a *Aurora*. É verdade, há mais de quatro anos recebi dele poesias para essa revista, em vez das prosas que lhe havia pedido. Seguiu-se minha demora, e *Aurora* deixou de existir. De um honorário, nunca se falou...»

Verão-outono. Segundo um testemunho mais tardio de Zimmer, após um período inicial no qual se verificavam algumas crises, prováveis consequências da estada na clínica, nas quais «o sangue subia-lhe tanto pela cara que ficava vermelho como um tijolo, e tudo parecia ofendê-lo», Hölderlin nunca lhe causou problemas. «Tem um coração nobre e um espírito profundo, seu corpo está perfeitamente são e nunca se adoentou durante a temporada em minha casa. Sua figura é bela e bem formada, e nunca vi, em nenhum mortal, olhos belos como os seus [...] Hölderlin não tem, de fato, ideias fixas, pode ser que tenha enriquecido sua fantasia em detrimento do intelecto».

1808

4 de janeiro. Napoleão visita o ateliê de David e admira a tela de sua coroação.

4 de fevereiro. As tropas francesas entram na Espanha, ocupam Pamplona e Barcelona. Murat é nomeado «lugar-tenente do Imperador na Espanha».

Em 2 de fevereiro, o papa Pio VII recusa-se a aderir ao bloqueio naval imposto por Napoleão à Inglaterra. No dia seguinte, as tropas francesas comandadas pelo general Miollis entram em Roma, e o general é nomeado governador de Roma.

11 de abril. Do diário de Goethe: «As afinidades eletivas *devem* ser tratadas como as Narrativas breves. Mas tendem logo a prolongar-se; a matéria está tão profundamente radicada em mim [...]
 Ao meio-dia, sozinho. Jantar com Meyer [...] Falamos sobretudo das Narrativas breves».

2 de maio. A população de Madri insurge-se contra os franceses, e a insurreição estende-se por toda a Espanha.

7 de julho. José Bonaparte, proclamado por Napoleão rei da Espanha, é derrotado pelos rebeldes em Bailén e obrigado a abandonar Madri.

1º de agosto. Gioacchino Murat é proclamado rei de Nápoles.

1808

Hölderlin recebe um piano no qual improvisa e toca longamente de memória, acompanhando-se com a voz. Volta também a tocar flauta.

Da biografia de Waiblinger (mais tardia, mas a descrição arrisca ser pertinente também para esse período): «Os dias de Hölderlin são extremamente simples. De manhã, sobretudo no período do verão, quando está muito agitado e atormentado interiormente, levanta-se antes do amanhecer, ou com o nascer do sol, e sai logo, vagando nos arredores da casa, no quintal. Esse passeio dura geralmente quatro ou cinco horas, até ficar cansado. Diverte-se a bater com o lenço nas colunas do recinto ou a arrancar o capim. Tudo que encontra, até mesmo um pedaço de ferro ou de couro, põe no bolso e guarda [...] Depois, entra em casa e vagueia pelos cômodos. Faz suas refeições no quarto e come com um apetite robusto; gosta também de vinho e beberia mais, se lhe dessem. Depois da refeição, não tolera que os pratos fiquem no quarto, nem por um momento, e assim os coloca para fora, sobre o piso. Quer ter em seu quarto só o que lhe pertence, todo o resto é colocado para fora, diante da porta».

Em 15 de outubro, a mãe de Hölderlin escreve seu testamento, no qual se preocupa com a sorte do filho doente e pede à filha e ao filho mais novo «não levar em conta o quanto vosso caro e compassível irmão precisou para seus estudos, as despesas de viagem como preceptor e durante sua triste enfermidade, mesmo porque eu gozei de seu patrimônio hereditário

1º de outubro. Goethe, junto a outros dignitários, é convidado a assistir à levé do Imperador Napoleão no palácio de Erfurt.

2 de outubro. Napoleão convoca novamente Goethe a Erfurt e recebe-o enquanto almoça com Talleyrand e com seu superintendente de finanças, Daru. Falando do destino na tragédia, Napoleão diz a seu hóspede: «O que se quer de nós, hoje, com o destino? O destino é a política!». Alguns dias depois, conferirá a Goethe e a Wieland a Legião de Honra.

3-17 de outubro. As tropas francesas assediam Capri, ainda ocupada por tropas inglesas. Em 17 de outubro, os ingleses rendem-se. Gioacchino Murat, para propiciar, a si próprio, o apoio da Igreja, concede ao potente cabido de San Gennaro, que assegura a verificação do milagre do sangue de Cristo, uma renda de 1600 ducados.

14-15 de outubro. Goethe, apenas recebida a Legião de Honra, toma nota para uma carta a Maret para agradecer ao Imperador: Vôtre Excellence [comprendra] l'effet que sa lettre, qui m'annonce les hautes faveurs dont il a plu à sa Majesté l'Empereur de m'honorer, devait faire sur moi. Vôtre Excellence voudra vec sa bonté ordinaire accueillir les expressions faibles d'une reconnaissance respectueuse et profonde; Elle voudra se faire interprete vis à vis de sa Majesté des sentiments que je suis incapable d'articuler.

No dia seguinte, Goethe, dirigindo-se a Sartorius: «'O imperador Napoleão concedeu-me a Legião de Honra, e o tzar Alexandre também me concedeu uma honorificência' e, assim falando, mostrou-nos o pacote que o camareiro havia-lhe acabado de trazer, o qual continha a grande faixa da Ordem de Anna, com uma estrela cintilante. Afastou-se para vesti-la, já que fora convidado à corte pelo Deklamatorium».

mais tempo do que o dos outros dois filhos [...] Se o bom Deus decidir deixar o pobre doente nessa triste condição, na qual não precisa de um patrimônio mobiliário, até depois de minha morte, então meus outros dois filhos herdá-lo-ão em duas partes, em compensação, porque espero que os juros, além do que ele recebe anualmente, sejam plenamente suficientes para satisfazer suas necessidades, de modo que nada falte ao infeliz. Peço, por isso, ao honorável tribunal e a meus outros dois filhos, para zelar para que o capital do doente não seja tocado, para que, depois da sua morte, eles possam recebê-lo em compensação [...] Recomendo a meus filhos que, depois de minha morte, atuem como pai e mãe do infeliz».

29 de dezembro. O escritor Karl Varnhagen von Ense visita Hölderlin na companhia de Kerner e deixa um resumo não sem inexatidões e interpretações arbitrárias. «Kerner levou-me a outro poeta, um poeta no verdadeiro sentido da palavra, um autêntico mestre da poesia, que não se pode, no entanto, encontrar na corte ou nas reuniões noturnas de Cotta, mas em um abrigo para loucos. Fiquei chocado ao saber que Hölderlin vive aqui, há dois anos, como um demente! O nobre poeta de *Hipérion* e de tantos outros magníficos cantos de nostalgia e heroísmo havia publicado também uma tradução de Sófocles, que me havia parecido algo extravagante, mas só em sentido literário, porque, entre nós, pode-se ir muito além sem por isso sermos loucos ou considerados como tais. Condenar essa extravagância era certamente lícito, e imaginei também, para o duplo romance, além de outras figuras, um tradutor de nome Wachholder, que deveria falar como o Sófocles de Hölderlin. No caso, não o fiz e foi para meu bem! Porque agora seria para mim um terrível pensamento ter zombado de um doente mental, realmente vergonhoso como querer espancar um cadáver [...] Pobre Hölderlin! Está confiado ao abrigo e aos cuidados de um marceneiro, que o trata bem, passeia com ele e toma conta dele o quanto é preciso, pois sua loucura não é, de fato, perigosa,

5 de novembro. Inicia-se a campanha de Napoleão na Espanha. O marechal Soult derrota os espanhóis na batalha de Gamonal e ocupa Burgos.

Em 4 de dezembro, Madri rende-se, Napoleão ordena a abolição dos direitos feudais e abole o Tribunal da Inquisição. Encarrega Savary de requisitar todos os valores em prata e ouro.

29 de dezembro. Do diário de Goethe: «Simon Portius, Genast por questões de teatro. Ao meio-dia sozinho. Após o almoço, com Genast, decisão sobre a continuação da direção». Carta a Voigt: «Com a boa disposição de Vossa Excelência, pudemos fazer a vontade de nossos ativos dependentes de Jena». Von Müller: «Achei Goethe rígido, brusco e pesado. Era um dia fosco e nebuloso, prenúncios do degelo!» (p. 276).

30 de dezembro. Formação da quinta coalizão contra a França.

basta não dar muita atenção às ideias que de improviso lhe vêm à mente. Não delira, mas fala ininterruptamente seguindo sua imaginação, acredita-se rodeado por visitantes que lhe fazem homenagens, discute com eles, ouve suas objeções e os contradiz com grande vivacidade, cita as grandes obras que escreveu e outras que está escrevendo agora, e todo o seu saber, todo o seu conhecimento da linguagem e sua familiaridade com os autores antigos estão ainda presentes nele; raramente, porém, um pensamento autêntico e uma conexão lógica fluem na corrente de suas palavras, as quais, no conjunto, são apenas uma comum insensatez. Como causa de sua loucura é indicada uma horrível estada em Frankfurt, onde era preceptor em uma rica casa. Uma terna, amável e infeliz senhora apreciou a alta mente do poeta, o espírito puro do jovem humilhado e pouco conhecido, daí nasceu uma amizade inocente, que, no entanto, não fugiu às suspeitas mais grosseiras, e Hölderlin foi maltratado e viu maltratada também sua amiga! Isso lhe partiu o coração. Quis sepultar sua dor no trabalho sobre Sófocles. O editor, que publicou a primeira parte, não se deu conta de que já havia, no livro, traços daquele processo que, infelizmente, logo se tornaria visível no autor».

1809

1º de janeiro. Cambacérès anuncia a Napoleão que a Áustria está mobilizando suas tropas.

De uma carta de Goethe à Comissão do Teatro de Weimar, que oferece instruções para remediar a «decadência das festas de dança (Verfall der Redouten)»: «As cortinas das Estrade devem ser abertas para que as pessoas de nível e as da melhor burguesia possam deter-se para jogar uma partida ou conversar. Seria desejável que até mesmo um porteiro de corte ou pessoas de serviço estivessem lá para introduzir os presentes.
Ninguém pode entrar com sua roupa habitual, mas deve, se não deseja escolher uma máscara de personagem, comparecer com um manto preto ou um Dominó.
Não é permitido dançar com botas».

12 de abril. A Áustria declara guerra à França.

De uma carta de Goethe à Comissão do Teatro de Weimar, em 18 de abril: «O Serenissimus expressou-me o desejo de ver o ator Schwarz no Lorenz Stark e o fez de um modo que não pude recusar. A Comissão terá, portanto, a benevolência de providenciar o necessário».

6 de maio. Carta de Goethe a Eichstädt: «Poderia Vossa Senhoria ter a gentileza de determinar que o bibliotecário, toda manhã, às nove, venha à minha casa para buscar os livros já recebidos e tomar nota dos novos pedidos?».

1809

Início de abril. Uhland e Kerner fazem uma visita a Hölderlin.

Em 6 de maio, Leo von Seckendorf morre em Ebelsberg, combatendo contra os franceses como capitão das tropas austríacas.

Em 16 de julho, Jacob Zwilling, amigo de Sinclair, que Hölderlin frequentou intensamente no período de Jena, morre na batalha de Wagram.

Em 8 de setembro, Karl Philipp Conz, amigo de Hölderlin desde os tempos do Stift, propõe ao editor August Mahlmann, redator do *Zeitung für die elegante Welt*, de Leipzig, publicar uma antologia dos escritos de Hölderlin, que lhe foram confiados pelos familiares: «Estou de posse de vários escritos ainda inéditos, em parte poesia e em parte prosa, do poeta Hölderlin, meu amigo e conterrâneo, cujo talento o senhor certamente conhece, mas que infelizmente, há muitos anos, acha-se em condições de alteração mental. Há tempos vive aqui de pensão, e seu estado parece incurável». Visto que lhe parece impossível, «no atual estado do comércio livreiro», publicar uma coletânea só de poesia, a seleção proposta contém poesias de um período precedente, que «se distinguem pelo calor e pela intimidade do sentimento», junto com composições mais recentes, «que trazem o sentido de um desmedido caráter, de uma sofisticação idealizada e de uma forma amaneirada e grecizante». Às poesias, Conz acrescenta «cerca de dois atos» do drama em jâmbicos *Empédocles* e um ensaio em prosa «sobre as diferentes

13 de maio. Após uma campanha de um mês, as tropas francesas entram em Viena.

6 de julho. Carta de Goethe a Sartorius: «Essa obra de Mariotte preenche uma importante lacuna sobre a época em que estou agora trabalhando e que posso chamar de capital: nela, deverá ser historicamente mostrado como Newton primeiro agiu precipitadamente e, depois, obstinou-se; porque seus adversários, embora em grande parte tivessem razão, não conseguiram prevalecer sobre ele; e como sua escola, igualmente por desconsideração, preconceitos e obstinações, tomou pé e difundiu-se no mundo...». Do diário: «Ao meio-dia, com Kaaz. Perto da noite, a senhora Wolzogen e a senhora conselheira von Schiller. Pelo resto, sozinho. Preparadas várias coisas».

8 de setembro. Do diário de Goethe. «Sexto capítulo das Afinidades eletivas e mais alguma coisa. Depois do almoço, conferência de Schlegel sobre a comédia grega». Carta a Christiane Vulpius, na mesma data: «Ver-te-ei e falar-te-ei com muito prazer, mas estamos com NOSSOS TRABALHOS em uma situação tão urgente que prefiro que não venhas agora, pois devemos aproveitar todas as horas, e não vejo como conseguiremos levá-los a termo [...] Estou razoavelmente bem, mas devo seguir pedantemente uma dieta e um sistema de vida ordenado [...] À noite, em casa. Gravuras italianas de Huber e Füssli».

13 de outubro. Um jovem alemão de dezoito anos, Friedrich Staps, tenta assassinar Napoleão em Schönbrunn.

20-21 de outubro. Do diário de Goethe: «Esquema biográfico. Passeio na parte oriental da região [...] À noite, com Meyer: história da arte, moedas e gemas [...] Passeio com August ao castelo do belvedere. Com o senhor Hinzenstern, visita ao castelo. Na volta, o príncipe herdeiro e, depois, Sua Alteza. Mais tarde, em casa. À noite, no teatro: Barba Azul».

15 de dezembro. Napoleão divorcia-se de Josefina, em vista de seu casamento com Maria Luísa da Áustria.

direções da poesia», que «contém muitas intuições justas, em um estilo vivaz e harmonioso, mesmo que não se possa estar inteiramente de acordo com o autor». Após ter sido informado do montante de um possível honorário, Conz põe, como condição, que o nome de Hölderlin não deva aparecer: «Apesar de sua alteração mental, ele tem ainda a ideia fixa (*die Grille*) de cuidar ele mesmo das edições de suas obras e, se vem a saber que algo dele é publicado sem seu conhecimento [...] está sempre muito irritado com isso e protesta vivamente contra a violação não autorizada de seus direitos».

O fato de a vontade de cuidar, por si só, da edição de seus escritos — que Hölderlin também continuará a fazer valer mais tarde — ser considerada uma absurda pretensão e uma extravagância mostra eloquentemente que, então, até os amigos mais bem intencionados consideravam loucura mesmo os pedidos mais legítimos e sensatos do poeta.

Em 20 de dezembro, Mahlmann responde declarando-se feliz de publicar os escritos, mas que pode oferecer somente 10 táleres por lauda, uma cifra «certamente não comparável à que pode pagar Cotta» (o editor de Goethe). «Que o nome de Hölderlin não seja mencionado é oportuno, mesmo porque pessoas insensatas difundiram assim muitas coisas suas que deveriam permanecer não publicadas e que prejudicaram seu nome. A primeira parte de *Hipérion* é a flor de seu gênio, mas, depois, ele se perdeu no formalismo e em uma incompreensível profundidade».
Seja como for, o projeto não se realizou.

1810

Em 1º de janeiro, Kerner informa seu amigo de Tübingen, Heinrich Köstlin, que está escrevendo um texto intitulado *Reiseschatten*, no qual «Hölderlin também figurará».

Em carta a Otto Runge de 21 de janeiro, Clemens Brentano fala da «profunda impressão» que lhe causaram «algumas odes do poeta louco do Württemberg, Hölderlin, a exemplo de sua elegia *À noite*, de sua *Festa de outono*, de seu *Reno*, *Patmos* e outras, que permaneceram esquecidas e ignoradas nos dois *Musenalmanachem*, de Seckendorf, de 1807 e de 1808. Talvez nunca uma dor altamente contemplativa tenha sido expressa de modo tão magnífico. Às vezes, esse gênio escurece-se e afunda-se nas amargas fontes de seu coração; mas, com bastante frequência, sua comovente estrela apocalíptica esplende maravilhosa no vasto mar de sua sensibilidade. Se conseguir achar esses livros, leia essas poesias. Em especial, *À noite* é clara, luzente como um astro e solitária como um sino que toca, para a frente e para trás, por toda lembrança: eu a considero uma das poesias mais bem-feitas».

Em 16 de agosto, Sinclair escreve de Homburg a Hegel, anunciando-lhe a morte de Zwilling, em Wagram. «Do infeliz Hölderlin — acrescenta —, eu não soube mais nada, sua situação certamente não mudou, dize-me se sabes algo dele». A carta mostra a que ponto Sinclair distanciara-se do amigo e, por não ter notícias dele, considera — talvez por uma inconsciente autojustificação — incurável sua loucura.

1811

Em 7 de janeiro, August Mayer, um estudante, também ele na pensão da família Zimmer, escreve ao irmão que «[o] pobre Hölderlin quer publicar um almanaque e escreve para isso todo dia uma quantidade de folhas. Hoje, deu-me um fascículo inteiro para ler, do qual te transcrevo alguma coisa. O que segue é o final de uma bela poesia sobre a morte de um menino:

Die Schönheit ist den Kindern eigen,
Ist Gottes Ebenbild vielleicht,
Ihr Eigentum ist Ruh und Schweigen,
Das Engeln auch zum Lob gereicht.

Pertence aos meninos a beleza,
talvez seja a imagem de Deus,
propriedade deles são a paz e o silêncio,
que também retorna aos anjos em louvor.

Eis alguns versos cômicos de uma poesia: *A glória*:

Es knüpft an Gott der Wohllaut, der geleitet
Ein sehr berühmtes Ohr, den wunderbar
Ist ein berühmtes Leben gross und klar,
So geht der Mensch zu Fusse oder reitet.

Der Erde Freuden, Freundlichkeit und Güter,
Der Garten, Baum, der Weinberg mit dem Hüter,

Sie scheinen mir ein Wiederglanz des Himmels
Gewähret von dem Geist den Söhnen des Gewimmels.

Wenn Einer ist mit Gütern reich beglücket,
Wenn Obst den Garten ihm, und Gold ausschmücket
Die Wohnung und das Haus, was mag er haben
Noch mehr in dieser Welt, sein Herz zu laben?

Ligada a Deus está a harmonia, que acompanha
um glorioso ouvido, pois maravilhosa
é uma grande e clara vida gloriosa,
o homem vai a pé ou a cavalo.

As alegrias da terra, a amizade e os bens
o jardim, a árvore, a vinha com o pastor
me parecem um reflexo luminoso do céu
concedido pelo espírito aos filhos da confusão.

Quando alguém é ricamente dotado de bens,
quando, para si, de fruta os jardins e de ouro adornam
a morada e a casa, o que pode ter
a mais neste mundo, para confortar seu coração?

E pelo nascimento de um menino:

Wie wird des Himmels Vater schauen
Mit Freude das erwachs'ne Kind,
Gehend auf blumenreichen Auen,
Mit andern, welche lieb ihm sind.

Indessen freue dich des Lebens,
Aus einer guten Seele kommt
Die Schönheit herrlichen Bestrebens,
Gottlicher Grund dir mehr noch frommt.

Como verá o pai do céu,
com alegria o menino crescido,
que caminha nos prados floridos
com outros, que lhe são caros.

Entretanto, alegra-te com a vida,
de uma boa alma vem
a beleza de um cuidado soberano,
uma divina razão ainda mais te favorece.

Estes versos comoveram-me: *A alegria deste mundo...*

Das Angenehme dieser Welt hab' ich genossen,
Die Jugenstunden sind, wie lang! wie lang! verflossen,
April und Mai und Julius sind ferne
Ich bin nichts mehr, ich lebe nicht mehr gerne!

A alegria deste mundo a gozei,
as horas da juventude há quanto, há quanto tempo! dispersas,
Abril, maio e julho estão longe
Eu não sou mais, não gosto mais de viver».

21 de janeiro, de uma carta de J. Kerner a Friedrich De La Motte Fouqué: «O senhor conhece o poeta da nossa terra Hölderlin? Ainda escreve poesias em sua ruína, em sua loucura, no mais das vezes incompreensíveis para os outros. Um amigo mandou-me hoje esses versos comoventes, que achou entre seus papéis e que são perfeitamente compreensíveis:
A alegria deste mundo a gozei...
Varnhagen conhece-o pessoalmente. Transcreva para ele esses versos, porque não sei onde ele mora».

Justinus Kerner publica, no final de janeiro, em Heidelberg, um livrinho intitulado *Reiseschatten. Von dem Schattenspieler Luchs*, no qual, ao lado de um químico, um padre e um marceneiro, aparece um poeta louco, de nome Holder, certamente inspirado em Hölderlin. O tom satírico e irreverente do texto é evidente: «Apenas me reconheceu, meu amigo Holder abraçou-me com grande afeto e disse: 'É duplamente feliz que eu te encontro nesta cidade e durante sua viagem para o norte: porque, onde a estrela flui na força do canto, como um cometa equilibra o cálice da ceia através do céu, lá nasce o mar, o mar do norte, e o ferro sobre ele — mas do norte virá o Nuncarealizado: porque lá indica o ferro, e seu espírito, o ímã'. Neste ponto, ele foi tomado por convulsões estáticas e acrescentou: 'concedei-me o espírito metálico da terra, e seu olho o ouro! Não dilacerais os membros deixando proliferar um povo insolente! Ha! ha! ha! Assim quero viver, toda de uma vez, minha vida!'».

Não espanta que, quando August Mayer mostra a Zimmer o livro, este, que se reconhece no personagem do marceneiro, joga o livro sobre a mesa e exclama: «Um indivíduo desse teria feito melhor se trabalhasse no campo, em vez de escrever essa porcaria [...] idiotice é idiotice, e poder-se-ia até perdoar, mas, representar homens de verdade — não falo de mim, eu não conto, mas, falsificar um pobre louco como Hölderlin, isso significa dar prova de desatino e de um caráter absolutamente imoral».

De uma carta de Zimmer à mãe de Hölderlin, em 14 de outubro: «Ontem saí novamente com seu querido filho, que ficou debaixo de uma árvore de ameixas de meu pai e riu muitíssimo quando alguém a sacudiu e ameixas caíram-lhe sobre a cabeça. Ao voltar para casa, veio a nosso encontro o professor Konz (*sic*), que cumprimentou seu filho chamando-o *Herr Magister*, e, de repente, seu filho disse: 'o senhor disse *Herr Magister*', Konz desculpou-se dizendo 'entre nós, velhos conhecidos, não tem importância que títulos damo-nos (*wie mir uns titulliren*)' e tirou do bolso Homero e disse, 'veja, tenho comigo nosso velho amigo', e Hölderlin procurou uma passagem e deu-a para Konz ler, e Konz leu a página todo inspirado, e seu filho ficou encantado com isso, e Konz disse: 'até logo, senhor bibliotecário', e isso fez seu filho muito feliz. Mas, três dias depois, ele explodiu e disse com violência: 'eu não sou *magister*, eu sou bibliotecário do príncipe', gritou e saiu do consistório, e permaneceu muito tempo descontente, mas agora está completamente tranquilo».

1812

5 de fevereiro. Sinclair, em uma carta a Hegel, lembra «o pacto entre nossos espíritos, do qual o destino arrancou-nos» e os dias passados com Hölderlin e Zwilling, que «para ele permanecerão para sempre inesquecíveis».

Carta de Zimmer, de 19 de abril, à mãe de Hölderlin:

Muito honrada Senhora conselheira,
deu-se em seu caro Hölderlin uma mudança muito importante, há algum tempo um emagrecimento de seu corpo, embora tenha um apetite superior ao habitual, no último quadrimestre era mais tranquilo do que o normal e, mesmo que caísse em um paroxismo, não se agitava muito e normalmente logo o superava.
Mas, há cerca de dez dias, durante a noite, ele estava muito inquieto e andava por minha loja, falava agitadamente consigo mesmo, levantei-me e perguntei-lhe o que estava sentindo, mas ele me pediu para ir dormir e para deixá-lo sozinho, dizia muito razoavelmente eu não posso ficar na cama e devo andar, pode ficar tranquilo, não faço nada a ninguém, durma pois, caríssimo Zimmer, e aqui interrompeu o colóquio e não pude fazer outra coisa senão ir novamente dormir se não quisesse irritá-lo, e o deixei fazer o que queria.

De manhã, estava tranquilo, mas tinha grande calor e sede, como alguém que tivesse febre alta e arrepios, ficou fraco a tal ponto que teve de ficar de cama, à meia-noite um grande suor.

No segundo dia, calor e sede ainda mais fortes, e depois um suor tão forte que a cama e tudo que ele vestia estavam completamente molhados, isso durou ainda alguns dias, depois teve uma erupção na boca, sede, calor e suor pouco a pouco desapareceram, mas infelizmente os arrepios permaneceram, ainda fortes, mas não como antes. Agora está de novo fora da cama o dia inteiro e exprime-se cortesmente, seu olhar é amigável e amável e toca e canta e está muito sensato. A coisa mais notável é que desde aquela noite não tem mais traço de inquietação, enquanto normalmente tinha pelo menos uma hora por dia de inquietação. Até o cheiro muito forte sobretudo no seu quarto de manhã desapareceu.

Chamei o senhor professor Gmelin como médico para seu querido filho, ele disse que sobre o estado real de seu filho não podia dizer nada de exato, parecia-lhe que fosse uma consequência da natureza e infelizmente, cara senhora, tenho a triste necessidade de escrever-lhe que eu penso a mesma coisa [...]

Seu espírito poético mostra-se sempre ativo, assim é que viu em minha casa um desenho de um templo e pediu-me para fazer-lhe um de madeira, eu respondi que eu devia trabalhar para ganhar o pão, não era assim afortunado como ele de poder viver em filosófica paz, e respondeu-me: 'Ah, sou um pobre homem' e de pronto em um minuto escreveu-me com o lápis estes versos sobre uma mesa:

Die Linien des Lebens sind verschieden
wie Wege sind, und wie der Berge Gränzen.
Was hir sind, kann dort ein Gott ergänzen
mit Harmonien und ewigem Lohn und Frieden.

As linhas da vida são diversas,
como são as trilhas, e como os confins das montanhas.
O que aqui somos, lá um deus pode completá-lo
com harmonias, eterno prêmio e paz.

Com respeito à sua alimentação pode ficar completamente tranquila. Os últimos dias da gravidez de minha mulher foram bons, pôde ocupar-se de seu filho ela mesma. Anteontem pariu, infelizmente o menino morreu em poucas horas, graças a Deus ela está bem e fora de perigo.

Anexo a conta de seu filho, tivemos de comprar mais lenha, agora tem-se sempre que esquentar seu quarto, esfria-se muito facilmente. Tem de novo café e desjejum e depois se cozinha uma refeição especialmente para ele.

Para as despesas de 81 dias	31 florins e 24 Kreuser
69 copos de vinho	64 ff. 54k.
rapé	1.21
lenha	3.18
para a lavandeira	3
para iluminação por todo o inverno	1.36
	48.33
A deduzir	6
	42.33

Seu devoto servidor Ernst Zimmer

Carta de Hölderlin à mãe, em 15 de setembro de 1812:

Veneranda mãe!
Tenho a honra de testemunhar-lhe que me alegrei muito com a carta que recebi da Senhora.

Vossas excelentes expressões são-me de grande benefício, e a gratidão da qual lhe sou devedor soma-se à admiração pela excelência de Seus entendimentos. Seu ânimo benévolo e Suas tão úteis advertências não deixam nunca de exprimir-se, de modo que me alegram na mesma medida em que me são úteis. A roupa que me mandou cai-me muito bem. Devo apressar-me. Tomarei a liberdade de acrescentar outra coisa, isto é, como tais recomendações para uma ordenada conduta de minha parte serão, como espero, eficazes e de seu agrado.
Tenho a honra de nomear-me

seu afeiçoadíssimo filho
Hölderlin

(O exagerado formalismo do qual essa carta é testemunha é outra característica da comunicação entre Hölderlin e o mundo exterior. Que se trata de uma consciente e quase paródica tomada de distância dos interlocutores é particularmente evidente na correspondência com a mãe, que havia constantemente demonstrado uma absoluta incompreensão pelas aspirações do filho, que, em seu entendimento, deveria ter-se dedicado à carreira de padre.)

1813

Carta de Hölderlin à mãe (início de 1813):

Caríssima mãe,
aproveito a ocasião benevolamente oferecida a mim pelo senhor Zimmer para dirigir-me à senhora com o pensamento e entretê-la, ainda, com o testemunho de minha dedicação e da sinceridade de meu afeto. Sua límpida bondade, que há tanto tempo me ilumina, o perdurar de sua ternura e de sua influência moral, para mim tão benéfica, são objetos que me são veneráveis e que tenho sempre diante dos olhos, busque eu reforçar em mim o devido respeito ou considere qual é a lembrança da qual lhe sou devedor, excelente mãe! Se não sei entretê-la com a mesma graça com que me entretém, isso se deve ao elemento de recusa (*das Verneinende*), que é inerente à mesma dedicação (*ebenderselber Ergebenheit*) que tenho a honra de testemunhar-lhe. Meu envolvimento com a senhora ainda não se exauriu; quão duradoura é sua bondade, tão inalterada é minha memória pela senhora, venerável mãe! Os dias que lhe passam sem prejuízo para a saúde e com a certeza de seu coração agradar a Deus são-me sempre caros, e as horas que passei perto da senhora são, me parece (*wie mir scheinet*), inesquecíveis. Espero e confio firmemente que estará sempre bem e que terá prazer neste mundo. Tenho a honra de recomendar-me à senhora e nomeio-me (*nenne mich*)

Seu devoto filho
Hölderlin

(Essa carta, como a seguinte, é uma obra-prima de ironia. Hölderlin — que nas cartas à mãe tem, não por acaso, de enfatizar seu nome — exprime, sem indulgência, apenas mascarada sob o vazio aparato cerimonial, sua reprovação — notar a singular expressão *das Verneinende* — à constante postura da mãe em relação a ele. Por qual razão as horas passadas junto a ela são inesquecíveis é sugerido pelo incongruente *wie mir scheinet*. Em geral, muitos elementos que, no comportamento de Hölderlin, são atribuídos à loucura podem ser lidos como o fruto de uma sutil, calculada ironia.)

Em 30 de janeiro, respondendo a uma carta de Kerner em que ele havia mandado algumas poesias de Hölderlin, Fouqué responde: «Meus melhores e comovidos agradecimentos pelas poesias de Hölderlin. Alegraram minha alma inteira e embelezaram o *Almanaque alemão para Senhoras* — sob esse título sai a coletânea».

2 de março. Da carta de Zimmer à mãe do poeta: «Hölderlin está mesmo bem e sempre muito contente. Os tubos de cachimbo que a senhora teve a bondade de me mandar alegraram-no. Conhecia-os bem e disse-me: comprei-os em Frankfurt. E acrescentou: Em Frankfurt eu precisava de muito dinheiro; para minha viagem, porém, de não muito. Quaisquer que sejam as circunstâncias, pode, em todo caso, estar segura de que nos ocuparemos de seu querido filho. Suas meias não estão tão rasgadas que seja preciso remendá-las. Pelo que sei, não precisa de nada [...]
Continuo seu devoto servidor, Ernst Zimmer.
Perguntei a Hölderlin se queria escrever também, mas parece que não está com nenhuma vontade».

Carta de Hölderlin à mãe, segunda metade de 1813:

Veneranda mãe!
respondo sua boa carta com o coração alegre e com o devido (*schuldiger*) interesse por sua existência, saúde e duração nesta vida. Quando a senhora doutrina-me, quando me exorta a uma conduta honesta, à virtude e à religião, a doçura de uma mãe tão boa, o lado conhecido e o desconhecido em uma tão venerável relação são-me úteis como pode ser um livro, e vantajoso para meu espírito como altas doutrinas. A natureza de sua alma pia e virtuosa suporta bem outras comparações como esta; conto com seu perdão cristão, caríssima mãe, e com minha aspiração para melhorar e me aperfeiçoar sempre. Minha capacidade comunicativa limitar-se-á à expressão de minha afetuosa dependência (*Anhänglichkeit*) da senhora, até que meu espírito esteja tão enriquecido de sensatez que se deixe comunicar por palavras e seja-lhe de algum interesse. Tomo a liberdade de recomendar-me muito devotamente a seu coração materno e à sua habitual excelência. Creio que o zelo e um constante progresso no bem dificilmente perderão seu propósito. Recomendo-me à senhora, venerandíssima mãe!, e nomeio-me, com sinceridade,

seu devoto filho
Hölderlin

1814

Da carta de Zimmer à mãe de Hölderlin, de 22 de fevereiro:

Muito honrada senhora conselheira,
Recebi sua última carta com o dinheiro para as contas do quadrimestre [...] Seu querido Hölderle está tão bem que não se poderia desejar que estivesse melhor. Alegrou-se muito com seu presente de Natal, o casaco não é muito largo, se é alguma coisa é um pouco curto. Muito se alegrou também com a carta que lhe escreveu o senhor pároco de Löschgau. Disse-me: aquele homem demonstrou-me muita benevolência em minha juventude, o livrinho de Böhlendorf também o alegrou muito, disse ah!, aquele bom homem morreu cedo, era um curlando[3] eu o conheci em Homburg era verdadeiramente um bom amigo meu. Devo dizer que seu querido e bom Hölderle não tem mais nenhum acesso nervoso, vive sereno e contente. Meu menino começou a tocar piano e também seu querido filho diverte-se frequentemente com o piano, se quiser pode tocar com as notas, mas prefere tocar conforme sua fantasia...

Clemens Brentano a Rafael Varnhagen, 1º de outubro de 1814: «Se ainda não leu *Hipérion*, de Hölderlin, Cotta 1797, faça-o logo que possível; é um dos livros mais notáveis de nossa nação, quiçá do mundo».

---

3   Sobrenome de família. [N. T.]

Hölderlin para a mãe, *circa* 1814:

Venerandíssima mãe!
Creio não lhe ser pesado com a repetição de semelhantes cartas. Sua ternura e excelente bondade despertam minha devoção à gratidão, e a gratidão é uma virtude. Penso no tempo que passei com a senhora, venerandíssima mãe!, com muito reconhecimento. Seu exemplo cheio de virtude manter-me-á na distância (*in der Entfernung*), sempre inesquecível, e encorajar-me-á a seguir seus preceitos e a imitar um tão virtuoso exemplo.
Professo minha sincera dedicação e nomeio-me
seu devotíssimo filho
Hölderlin
Minhas recomendações à minha querida irmã.

(O aceno à distância adquire seu significado irônico se se lembra que a mãe nunca visitou o filho em Tübingen).

Venerandíssima mãe,
Reputo-me afortunado por ter assim tantas ocasiões de testemunhar-lhe minha dedicação, enquanto exprimo meu pensamento escrevendo cartas. Creio poder dizer que os bons pensamentos, expressos em palavras, não são vãos, porque o sentimento depende também de preceitos interiores inseridos na natureza do homem, os quais, na medida em que têm valor cristão, interessam pela constância e pelo benefício. O homem parece habituar-se com prazer à confiabilidade, a um Puro, que parece adaptar-se à sua reverência. Esse Íntimo parece também rico de forças, como, além disso, pode contribuir para aplacar o espírito humano e para formar-lhe as forças. O Divino, na medida em que o homem sabe recebê-lo, é maravilhosamente concedido a um cuidado mais natural, que o homem se dá. Peço-lhe perdão por ter falado com tão pouca consideração. Ocupar-se de si mesmo é uma disposição que, por mais séria que possa parecer, é sustentada pelo espírito do homem e, por causa das atitudes do coração humano, pode contribuir para

a brandura da vida humana e, logo, para uma das mais altas sensibilidades. Ainda uma vez devo-lhe pedir perdão, porque interrompo. Nomeio-me com a mais sincera dedicação,

seu devoto filho
Hölderlin

1815

Em 13 de abril, Sinclair morre repentinamente em Viena, durante o Congresso. Não são conhecidas as reações de Hölderlin. Entre os estudantes de Tübingen, espalha-se a fama do poeta na torre. Arnim e Brentano continuam a se interessar por sua obra.

Arnim, março: «Seria uma lista aterrorizante se se contassem todos os grandes espíritos alemães afundados na doença, no suicídio ou em ocupações odiosas! Hölderlin, em seu *Hipérion*, expressou-o da melhor maneira, dizendo: 'Onde um povo ama a beleza, onde honra o gênio em sua arte, lá sopra, como um ar vital, um espírito universal, lá se abre uma esquiva sensibilidade; o amor próprio desaparece, e piedosos e grandes são todos os corações, e o entusiasmo dá à luz heróis. Onde, porém, a divina natureza e seus artistas são ofendidos, lá o prazer de viver desaparece e toda outra estrela é melhor do que a terra. Lá, tornam-se sempre mais desolados os homens, mesmo os bem-nascidos. O servilismo cresce e, com ele, a rudeza, a embriaguez aumenta com os cuidados, e, com o luxo, a fome e a preocupação com o alimento, a bênção do ano converte-se em maldição, e todos os deuses fogem'. Até esse homem maravilhoso teve que adoecer na pobreza até a loucura, vive, mas está perdido para nós, a quem sua dor, em tempos sombrios, abriu o coração e libertou o espírito das garras da necessidade».

Carta de Hölderlin à mãe, de 18 de abril:

Venerandíssima mãe!
Se minhas cartas precedentes não podiam agradá-la de todo, uma frequente prova a mais dessa atenção poderá demonstrar as boas intenções. Ocorre frequentemente que o exercício possa tomar também essa forma. O que aproxima os homens é o hábito (*zur Gewohnheit*), o aproximar-se dos modos de pensar e das relações no contexto da humanidade. De resto, os modos de pensar mais próximos são ainda outros; reconhecimento, religião e sentimento de relações cativantes. Recomendo-me com dedicação ao perdurar de sua bondade e nomeio-me,

seu devotíssimo filho
Hölderlin

Do diário de Gustav Schwab, de 8 de julho: «Mais tarde chegou Brentano, mas ficou em silêncio até que saímos com Savigny, que tinha de ir pegar a mulher. Ao longo da estrada, sob as tílias, deu livre curso a seu engenho, a seu espírito, mas também à sua desmedida desfaçatez. Todos os poetas, exceto Shakespeare e seu cunhado Arnim, foram demolidos. Goethe é muito clássico e artificioso; isso vale também para Uhland, a quem, contudo, concede alguma qualidade; Tieck, exteriormente atraente, é um patife de engenho modesto, faz-se cortejar por seus amigos, recentemente ficou com raiva de Goethe, porque não pode competir com sua fama [...] Arnim, seu cunhado, tem mais espírito e poesia em seu dedo mindinho do que Tieck em todo seu corpo inchado. Quando estudante em Jena, tinha-o visto pela primeira vez, chorara por respeito, e, quando os dois Schlegel andavam pela rua com Tieck no meio, parecia-lhe ver, a passeio, Deus pai, o Filho e o Espírito Santo. Agora, pensa diferente. O mais alto ideal é Hölderlin».

1816

Carta de Hölderlin à mãe (início de 1816?):

Venerandíssima mãe!
de novo me disponho a escrever-lhe uma carta. O que habitualmente lhe tenho escrito, tem-no presente na memória, e eu lhe escrevi expressões praticamente idênticas. Faço votos de que possa estar sempre bem. Recomendo-me devotamente e nomeio-me

seu devoto filho
Hölderlin

De uma carta de Arnim a Savigny (28 de janeiro): «Pobre é a boca do povo, diz Hölderlin, mas, mesmo que tenhamos a boca cheia, temos, no entanto, bem pouco a dizer».

Veneranda mãe!
Como sabe, escrever-lhe-ei sempre com prazer, quando, nos habituais sentimentos disso que me tornei e que lhe é notório, sentir que minha necessária maneira de tornar-me compreensível é tal como deve ser. Escreva-me sempre coisas às quais eu deva responder com a devida cortesia. Sou

seu devoto filho
Hölderlin

Do diário de Brentano para Luise Hensel (dezembro de 1816): «Vem-me agora à mente a mais amável poesia que conheço; é a única desse poeta que exerce sobre mim uma violência mágica; dá-me paz e escancara sobre mim um céu sob o qual

deito como um menino no colo da mãe [...] quero transcrever
para você essa poesia [...] *A noite*, de Hölderlin:

(Brot und Wein, v.1-18)
Rings um ruhet die Stadt; still wird die erleuchtete Gasse,
Und, mit Fackeln geschmückt, rauschen die Wagen hinweg.
Satt gehen von Freuden des Tags zu ruhen die Menschen,
Und Gewinn und Verlust wäget ein sinniges Haupt
Wohlzufrieden zu Haus; leer steht von Trauben und Blumen,
Und von Werken der Hand ruht der geschäftige Markt.
Aber das Saitenspiel tönt fern aus Gärten; vielleicht, dass
Dort ein Liebendes spielt oder ein einsamer Mann
Ferner Freunde gedenkt und der Jugendzeit; und die Brunnen
Immerquillend und frisch rauschen an duftendem Beet.
Still in dämmriger Luft ertönen geläutete Glocken,
Und der Stunden gedenkt rufet ein Wächter die Zahl.
Jetzt auch kommet ein Wehn und regt die Gipfel des Hains auf,
Sieh! und das Schattenbild unserer Erde, der Mond,
Kommet geheim nun auch; die Schwärmerische, die Nacht kommt,
Voll mit Sternen dort, die Fremdlingin unter den Menschen,
Über Gebirgeshöhn traurig und prächtig herauf.

Em torno repousa a cidade; cala-se o beco iluminado
e adornadas de archotes passam farfalhando as carruagens.
Saciados das alegrias do dia voltam para casa os homens
e perdas e ganhos calcula um chefe sensato
em paz; nu de cachos e flores
e de obras humanas repousa o mercado.
Mas um violino ao longe soa de um jardim; talvez
lá um amante ou um homem sozinho recorda
alegrias distantes e sua juventude; e as fontes
jorram frescas e caem sobre canteiros odorosos.
Quietos no crepúsculo tocam os sinos
e atento um guardião chama as horas.
Ora um vento move as copas do bosque

olha! a sombra da nossa terra, a lua,
aparece secreta; a estática noite ora vem,
cheia de estrelas, sem se importar conosco,
lá esplende surpresa, estrangeira entre os homens,
nos cimos das colinas triste e deslumbrante.

1817

Em uma carta a Uhland, de 27 de fevereiro, Kerner, a propósito da miséria na qual vivem os poetas, cita a poesia de Hölderlin *Die Wanderung*, publicada por Seckendorf no *Musenalmanach* de 1807: «Ver-se-á — deveremos todos ir embora com Hölderlin para o Cáucaso».

Os versos em questão:

Ich aber will dem Kaukasos zu!
Denn sagen hört ich
Noch heut in den Lüften:
Frei sei'n, wie Schwalben, die Dichter.

Mas eu ao Cáucaso quero ir!
Pois ouvi dizer
justamente hoje no ar:
os poetas são livres como andorinhas.

Carta de Hölderlin à mãe (cerca de 1817):

Venerandíssima Senhora mãe,
peço-Lhe que não leve a mal se sempre a incomodo com cartas que são muito curtas. O testemunho das próprias intenções e de como se interessa pelos outros que se veneram, e como a vida transcorre para os homens, esse modo de comunicar-se é de tal natureza que se deve pedir desculpas por isso.

Concluo de novo a carta e nomeio-me,
                                        seu devotíssimo filho
                                                  Hölderlin

1818

Carta de Hölderlin à mãe:

Minha caríssima mãe,
Visto que o senhor Zimmer permite-me escrever, sinto-me livre para fazê-lo. Recomendo-me à sua bondade. Certamente não me abandonará. Espero vê-la logo. Sou, de coração,
                              seu devoto filho
                              Hölderlin

Venerandíssima mãe!
Escrevo-lhe de novo. A repetição do que se escreveu não é sempre uma ocupação supérflua. Funda-se naquilo de que se fala, que, quando se exorta ao bem e diz-se algo sério, não há mal se a mesma coisa é repetida e não se propõe sempre algo que não seja habitual. É o bastante assim. Recomendo-me à senhora devotissimamente e nomeio-me,
                              seu filho devoto
                              Hölderlin

1819

Carta de Hölderlin à mãe:

Venerandíssima senhora mãe!
A excelente senhora Zimmer exorta-me a não descuidar de mostrar-lhe minha atenção com uma carta e a testemunhar-lhe o perdurar de minha dedicação. Os deveres, a que os homens são obrigados, mostram-se de preferência também na dedicação de um filho à sua mãe. As relações dos homens entre si têm tais regras, e seguir essas regras e seu frequente exercício fazem com que as regras pareçam menos duras e mais adequadas ao coração. Contente-se com este sinal de minha constante dedicação. Nomeio-me
seu devoto filho
Hölderlin

Venerandíssima mãe!
Tomo a liberdade de escrever-lhe outra vez. O que já lhe disse repito com o pensamento que a senhora conhece. Desejo-lhe todo o bem. Interrompo-me novamente aqui e desculpo-me.
Recomendo-me à senhora devotissimamente e nomeio-me
seu devoto filho
Hölderlin

1820

Em 10 de maio, Kerner escreve a Karl Mayer propondo-lhe «recolher, para a honra da pátria, as poesias de Hölderlin. É verdadeiramente uma pena que este, que é o único poeta elegíaco no Württemberg, permaneça tão esquecido, sepultado entre as aparas da plaina do marceneiro de Tübingen. Eu não posso fazê-lo, pois não disponho dos almanaques e das revistas nas quais estão publicadas suas poesias. Podem fazer isso melhor Haug e Neuffer [...] fale com Schwab, ele também pode fazer ou solicitar que se faça».

Poucos meses depois, em 29 de agosto, um amigo de Sinclair, o lugar-tenente de infantaria Heinrich von Dienst, propõe a Cotta publicar uma coletânea de poesias de Hölderlin e, junto, uma nova edição de *Hipérion*. «Graças ao defunto conselheiro secreto Sainclair (*sic*), encontro-me de posse de um manuscrito de seis folhas de impressão de poesias de Friedrich Hölderlin, o autor de *Hipérion*, algumas das quais saíram em diversas revistas, mas, pelo que sei, não todas. Já o defunto Sainclair tinha a intenção de publicar, da melhor maneira, as poesias do infeliz amigo, e, após sua morte, essa foi também minha intenção, mas me impediram a guerra e outras razões, em especial meu absoluto desconhecimento da situação e das relações do autor. Não sei se ele ainda está vivo ou se ainda se encontra em suas tristes condições anteriores, em Tübingen, nem mesmo se tem, talvez, outros parentes que, em posse de eventuais outros papéis, possam aumentar a pequena coletânea e cuidar de sua edição». Entre as 33 poesias propostas, figuram *Patmos*, *Der*

Rhein, Andenken, Hälfte des Lebens, Die Herbstfeyer, Die Wanderung e *Blödigkeit*. Para a seleta, cujo objetivo é impedir «que um espírito como Hölderlin seja tão rapidamente esquecido, ou até mesmo que desapareça de todo de nossa literatura», Dienst propõe um prefácio do editor das obras de Winckelmann, Johannes Schulze, e o patronato de «Sua alteza real, a princesa Wilhelm da Prússia», a quem Hölderlin havia dedicado sua tradução da *Antígona*.

Carta de Hölderlin à mãe:

Venerandíssima mãe!
Agradeço-lhe pela carta que recebi. Como a senhora escreveu-me, posso ficar seguro de que sua saúde vai bem e que vive feliz e contente. Visto que quis perguntar-me como devo me comportar com a senhora, respondo-lhe que busco permanecer imutavelmente de bom acordo com a senhora.
Nomeio-me
seu devotíssimo filho
Hölderlin

Em 7 de setembro, Cotta responde que aceita a proposta, e Dienst, que achou, entre seus papéis, outros manuscritos de Hölderlin põe-se a pesquisar textos adicionais para a coletânea. «Apenas esteja de posse do inteiro legado de Hölderlin — escreve em 25 de setembro a Cotta —, será minha prioridade organizar, na medida do possível, as coisas individualmente, segundo a ordem cronológica em que apareceram [...] Apenas o tenha feito, o alto conselheiro terá a bondade de tratar com precisão da correção e também do prefácio, de maneira a poder-lhe mandar o manuscrito. Quanto ao título do opúsculo, e se é oportuno uni-lo em um único volume a *Hipérion*, sobre isso poderemos entender-nos mais tarde».

Em uma carta de 21 de outubro a Kerner, Friedrich Haug, presumivelmente posto ao corrente do projeto de publicação das poesias de Hölderlin, responde considerar que, «para Hölderlin, seria doloroso se alguém, estando ele vivo, cuidasse da edição de suas poesias». Será exatamente essa a reação do poeta quando, seis anos depois, as poesias forem publicadas.

1821

Em 10 de março, Dienst escreve a Kerner informando-o do projeto de edição e pedindo-lhe, caso esteja de posse de outras poesias, que «de bom grado lhe comunique e indique em quais revistas as poesias de Hölderlin encontram-se esparsas». Em uma carta do mesmo mês a Uhland, Kerner lamenta que «um estrangeiro (*Ausländer*)» esteja cuidando da edição. «É uma pena que um estrangeiro agora tome conta de nosso infeliz concidadão». Para isso, Kerner trava contato com o meio-irmão de Hölderlin, Karl Gock (que o poeta sempre considerou como irmão), e com Conz, sugerindo-lhes que assumam o trabalho de edição («Certamente — escreve a Gock —, o senhor gostaria de ocupar-se de algo de que devemos à pátria e ao caro amigo»).

Carta de Hölderlin à mãe:

Honorabilíssima senhora mãe!
Escrevo-lhe, como creio, porque tais são seu preceito e minha conformidade a ele. Se houver novidade, pode comunicar-me.
Sou

seu devotíssimo filho
Hölderlin

Em 9 de abril, Conz escreve a Kerner, sugerindo-lhe ampliar a coletânea com as poesias «bastante boas» (*recht brave*) publicadas por Hölderlin nos almanaques de Stäudlin, em 1792--93. «São certamente melhores do que aquelas mais tardias, em especial as do período no qual começava a enlouquecer, muitas das quais (semiloucas) estão publicadas nos almanaques de Frankfurt». «Em geral — adverte —, coletar essas poesias é uma empreitada delicada. Uma vez eu mesmo me ocupei disso e falei com Cotta, que, porém, respondeu-me com a habitual restrição e *reservatis mentis Cottanianae*. Dos papéis de Hölderlin conservados pela mãe e pela irmã, havia coletado muitas coisas — em parte, material demoníaco do sétimo céu da filosofia idealista, dentre elas algumas coisas verdadeiramente sinceras [...] Faz um ano — acrescenta Conz — que não vejo Hölderlin. Durante o verão, veio frequentemente a meu jardim, pronunciando algumas palavras semirracionais, mas logo se perdia em seu habitual falatório feito de palavras metade francesas, metade alemãs e de cumprimentos, como Vossa Graça, Vossa Alteza Sereníssima, acompanhados por olhares perdidos no ar e por caretas do rosto e da boca, que o senhor conhece. Há algum tempo, está muito tranquilo, mas não sai mais de casa para o pátio subjacente, como há tempos fazia com prazer. Talvez eu vá encontrar-me com ele uma vez na primavera». Em maio, Conz escreve novamente a Kerner, sugerindo inserir novas poesias e comunicando-lhe ter visitado Hölderlin: «A visita foi feita. Primeiro, falei com Zimmer em seu quarto e, depois, com Hölderlin em sua cela [...] Hölderlin está agora tranquilo, mas envelheceu em relação à última vez que o vi. Durante todo o tempo em que lhe falei, não disse nada insensato, mas, infelizmente, nada sensato também. As habituais saudações de Vossa Graça, Excelência etc. ainda persistem, infelizmente. Toquei apenas no assunto de suas poesias e da coletânea: 'Como Vossa Graça ordena', foi sua resposta».

É significativo que mesmo um amigo generoso considere as poesias e os escritos filosóficos de Hölderlin sob o signo de uma loucura que é dada como óbvia, mesmo que seu único atestado pareça ser os cumprimentos cerimoniosos com os quais provavelmente o poeta, que havia decidido suspender as comunicações com quase todos os outros seres humanos, mantinha os visitantes à distância. É o próprio Zimmer, com quem o poeta comunicava-se todos os dias sem fazer uso de títulos cerimoniosos, que o sugere: «Já ouvistes falar de seu hábito de dar títulos aos estranhos que o visitam. É seu modo de manter as pessoas à distância. Não vos enganeis, é um homem livre, apesar de tudo, e não é preciso pisar-lhe os pés [...] quando vos enche de títulos, é seu modo de dizer: deixai-me em paz».

Um mês antes, em 20 de abril, Gock havia escrito a Kerner para informá-lo que encontrou, em Nürtingen, uma pequena coletânea de poesias escritas entre os dezessete e os dezenove anos, que «parecem ter sido conservados por ele mais como lembrança para os seus do que para publicação». Transmite-lhe, ao mesmo tempo, a preocupação da mãe do poeta de que a publicação de sua poesia sem as devidas cautelas possa perturbar o estado de espírito do filho, «atualmente, graças a Deus, bastante tranquilo». «Fiz uma visita — acrescenta — ao infeliz Hölderlin no ano que precedeu meu retorno de uma viagem à Suíça, e pode imaginar a impressão que me causou revê-lo. Seu aspecto era bom para sua idade, e eu o achei muito amigável e calmo; mas me entristeceu profundamente que sua ausência de espírito fosse ainda tão grande a ponto de não me reconhecer».

Também nesse caso, o testemunho de Zimmer é instrutivo: «Hölderlin não pode suportar seus parentes e, quando eles vêm visitá-lo depois de tantos anos, com eles se enfurece. Ouvi que seu irmão casou-se com a mulher pela qual Hölderlin era apaixonado».

Em todo caso, Gock parece mais obstruir do que facilitar a edição das poesias do irmão, primeiro prospectando uma possível intervenção da censura na reedição de *Hipérion*, depois sugerindo a Kerner que ele assumisse, como «estimado poeta pátrio», o trabalho de edição ao lado de Cotta.

Em 14 de agosto, Cotta aceita fazer uma nova edição de *Hipérion*, mas não menciona a coletânea de poesias. Em 22 de novembro, depois de uma troca de cartas com Gock, propõe um honorário de cem florins pela reedição de *Hipérion* e um *carolin* (onze florins) pela coletânea de poesias e, no caso de serem vendidas quinhentas cópias no período de quatro anos, mais outro *carolin*.

Carta de Hölderlin à mãe.

Venerandíssima mãe!
Sempre devo assegurá-la o quanto sua bondade e suas boas qualidades impulsionam-me à gratidão e ao cuidado de segui-la na virtude. Quem sabe exortar os outros à virtude e fazê-los nela progredir é, por sua vez, feliz, porque vê como o seu exemplo promove o bem e como ele age nos ânimos alheios. A felicidade é, em si, feliz, mas o é também pela consideração, também pela esperança de ser sustentada pelos outros para o bem. Satisfaça-se com essas poucas palavras. Sou

seu devotíssimo filho
Hölderlin

Em 1° de setembro, Gock responde a Cotta, propondo-lhe dar a Dienst a metade do honorário pela segunda edição de *Hipérion*, destinando a outra metade, em nome do autor, à recentemente constituída *Associação para a libertação da Grécia*, «pátria espiritual de meu irmão». Acrescenta ser capaz de aumentar, em mais da metade, a coletânea de 43 poesias previstas por Dienst e propõe, «graças também ao sustento de um poeta pátrio, assegurar à coletânea de poesias um prefácio adequado, que exponha as coisas mais interessantes da vida de Hölderlin, acenando com a maior delicadeza possível para seu infeliz destino».

Em 10 de outubro, Dienst recusa qualquer compensação para si e para Schulze, «seja porque um ganho similar estava muito distante de nossas intenções e seria, para nós, injustificável, seja porque tinham dado início ao projeto com a colaboração de sua Alteza Real, a princesa Wilhelm da Prússia, que poderia oferecer apenas para o mais puro propósito do sustento pessoal de Hölderlin». Assegura, além disso, que a curadoria literária da edição foi realizada, juntamente com Kerner e Fouquet, por Schulze, «cujo nome como escritor de filologia e estética é bem conhecido» e que se empenhou em escrever um prefácio.

Nos meses seguintes, uma troca de cartas entre Gock, Cotta, Kerner e Dienst discute a questão do montante da indenização, que parece inaceitável para Dienst («não consigo entender como Cotta, que ouço dizer ser sempre generoso nessas questões, tenha podido propor condições tão ruins»). No início de dezembro, Gock aceita cem Gulden por *Hipérion* e, em relação às poesias, adia a aceitação à conclusão da coletânea. Dienst inesperadamente propõe a Gock, em seu nome e no de Schulze, pedir a Kerner, «enquanto compatriota e amigo de juventude de Hölderlin», para escrever o prefácio e figurar como curador da edição. Em 29 de dezembro, Kerner escreve a Gock que não pode, «como Dienst gostaria, ser o curador, porque isso prejudicaria as poesias em vez de beneficiá-las», e sugere dirigir-se a Uhland. «Se ele recusar, não seria necessário nenhum curador, e poder-se-ia fazê-la sair simplesmente com o nome de Hölderlin, que, de resto, ainda está vivo». Propõe como título da obra *Poesias completas de F. Hölderlin* (*Sämtliche Dichtungen von F. Hölderlin*).

Em uma carta de dezembro de 1821 ao primo Kerner, Bernhard Gottlieb Denzel escreve: «Das poesias de Hölderlin, o melhor encontra-se nos almanaques dos anos noventa [1790]. Algumas das melhores apareceram no *Rheinischen Taschenbuch* de 1797-1800. O redator desse almanaque era um religioso, ou um professor, de cujo nome agora não me lembro, mas que começava com R. Desse ponto em diante, Hölderlin não produziu mais nada na poesia lírica. Em Homburg, onde morou após sua partida de Frankfurt, trabalhou em seu Sófocles (cuja tradução mostra, porém, os traços de sua perturbação mental). Pelo menos desde aquele momento, não li mais nada seu».

1822

Em 17 de janeiro, Gock pede a Cotta que ofereça, pela publicação das poesias, «um honorário de algum modo mais adequado» e, após uma resposta positiva por parte do editor, em 27 de janeiro propõe a cifra de três ducados por folha impressa, que Cotta aceita, anunciando, em 30 de janeiro, a expedição do contrato, que tardará, porém, três meses. Poucos dias antes, Uhland havia escrito a Kerner para aceitar a curadoria da edição: «Ficarei feliz se a edição das poesias de Hölderlin for concluída. De minha parte, ficarei contente em ser de ajuda, como já disse a Gock. Há pouco, li *Arquipélago*. Uma poesia magnífica!».

Em 18 de março, Gock escreve a Kerner dizendo que transmitira o manuscrito das poesias a Uhland, que «expressou sua sincera alegria por essa coletânea, graças à qual o espírito poético de Hölderlin poderá ser mais bem conhecido do que até agora era possível por meio de produções tão espalhadas». Informa-o de que Uhland corrigirá os manuscritos, e confrontá-los-á com os textos impressos e realizará «essa pesada tarefa junto com o professor Schwab. Uhland compartilha as ideias tanto de evitar, na edição das poesias, por respeito ao infeliz poeta, qualquer traço de uma intervenção estranha, como publicá-los simplesmente com seu nome; um anúncio no jornal matutino informará ao público a publicação das poesias de Hölderlin [...] segundo Uhland, a dedicatória das poesias a um membro da casa Hessen-Homburg, sobre o qual havia escrito a Dienst, deve ser suprimida, e bastará que eu mande, em nome de Hölderlin, um exemplar de luxo ao alto personagem, sem uma dedicatória impressa».

Em 18 de abril, Karl Ziller comunica a Gock ter recebido, em Reutlingen, das mãos da senhora Mäken, uma poesia de Hölderlin que ela «considerava um digno *pendant* dos *Deuses da Grécia*, de Schiller». Segue a transcrição da extraordinária poesia *Griechenland*, que começa:

O ihr Stimmen des Geschicks, ihr Wege des Wanderers!
Oh vós, vozes do destino, vós, caminhos do caminhante!

A isso se segue, em 18 de junho, o manuscrito de um fragmento de uma poesia perdida, *Vomers Landgut*, em que Ziller escreve ter notado «o tom próprio do idílio e a mais feliz imitação do *epos* grego, ambos, contudo, com um alto impulso poético».

Em 14 de maio, Cotta envia a Gock o contrato para a edição das obras de Hölderlin. Para «a primeira edição das poesias completas, que serão publicadas logo que o manuscrito estiver completo e corrigido por Kerner e Schwab», o contrato prevê um honorário de três ducados por folha impressa e um ulterior e idêntico honorário no caso de, em quatro anos, serem vendidos quinhentos exemplares.

Carta de Hölderlin à mãe:

Venerandíssima mãe!
Escrevo-lhe na medida em que sou capaz de dizer-lhe algumas coisas que não lhe sejam desagradáveis. Seu bem-estar e as condições de seu ânimo estão-me imutavelmente no coração. Se puder contentar-se com isso, fará um favor para mim. Sou-lhe notório pelo modo de apresentar-lhe minhas preces e de ser-lhe importuno. Sou

         seu devoto filho
         Hölderlin

3 de julho. Primeira visita de Wilhelm Waiblinger a Hölderlin. Waiblinger, que morrerá em 1830 em Roma, aos 26 anos, é o autor da primeira biografia do poeta, publicada em Leipzig em 1831.

Do diário de Waiblinger: «Já em Urach [...] havia recebido uma poesia desse genial Hölderlin, que agora Uhland e Schwab publicarão e cujo terrível destino já conhecia pelas descrições de Haug. Hoje o visitei, com Wurm. Após subir uma estreita escadaria de pedra sobre o Neckar, achamo-nos em uma pequena esquina, tendo, ao fundo, uma casa bem construída. A placa de carpintaria na porta fez-nos entender que estávamos no lugar certo. Enquanto subíamos a escada, veio ao nosso encontro uma jovem extraordinariamente bonita. Já não sei se, a me encantar e a fazer-me fixar o olhar inebriado nela enquanto nos perguntava o que queríamos, estavam mais seus olhos grandes e vivazes ou as feições semelhantes àquelas das Filipinas, ou, antes, o delicadíssimo, terno pescoço, ou o jovem, tão amável seio, ou a harmonia da pequena figura. A resposta foi-nos economizada, porque, de uma porta aberta, apareceu uma sala caiada pequena e sem adornos em forma de anfiteatro, onde estava de pé um homem que, tendo uma das mãos enfiada na calça que lhe chegava até o quadril, fazia-nos intermináveis cumprimentos. A jovem sussurrou: é ele! A espantosa figura lançou-me na confusão, aproximei-me e estendi-lhe uma carta de recomendação do conselheiro da corte (*Hofrath*) Haug e do conselheiro superior de finanças (*Oberfinanzrath*) Weisser. Hölderlin apoiou a mão direita em uma caixa pendurada na porta, deixando a esquerda no bolso da calça; estava com uma camisa manchada de suor, enquanto, com seus olhos espirituais, olhava-me tão compassiva e desoladamente que um frio penetrou-me os ossos. Agora se dirigia a mim, chamando-me *vossa Majestade real*, e seus outros discursos eram em parte inarticulados, em parte incompreensíveis e misturados com o francês. Estava diante dele como um condenado à morte, a língua rígida, os olhos escurecidos e uma sensação de terror em todo o meu ser. Ah! Ver, diante de si, o mais genial, o mais espiritual dos homens, a maior e mais rica natureza em seu aspecto mais miserável — um espírito que, vinte anos antes, emanava de modo tão indizivelmente mágico a plenitude de seus pensamentos e tudo preenchia com a profundidade de seu vórtice poético e, agora, não tinha nenhuma ideia clara, nem ao menos das coisas mais insignificantes — oh! Não se deveria acusar Deus? Wurm estava atônito como eu, e eu lhe perguntei se conhecia o conselheiro de corte Haug. De fato, conhecia-o bem. Hölderlin inclinou-se e, de um incompreensível oceano de sons, emergiram as palavras: *Vossa majestade* — aqui, ainda falou em francês e olhou-nos de modo cortês — *a isso não posso, não me é lícito responder*. Emudecemos, a jovem convidou-nos a falar, enquanto permanecíamos em pé, na soleira. Ele murmurou ainda: *Estou pensando em tornar-me católico, Vossa majestade real*. Wurm perguntou-lhe se estava contente com os eventos na Grécia — Hölderlin, em um tempo, havia abraçado o mundo grego com o mais ébrio entusiasmo; ele fez novamente elogios e, em meio a um fluxo de palavras incompreensíveis, disse: *Sim, sim, Vossa majestade, bela, bela!* Depois, colocou-se no meio do quarto e inclinou-se outras vezes mais, quase até o chão, sem acrescentar nada que se pudesse entender além de: *Vossa majestade real, altezas reais*. Não podíamos ficar mais e, depois de cinco minutos, retiramo-nos para a sala do marceneiro. Pedimos que a bela e amigável moça e sua mãe nos contassem toda a história, desde quando morava na casa deles. Está louco há dezesseis anos e tem agora cinquenta. Às vezes, de algum modo encontra a razão e grita, e as manias diminuíram, mas não está nunca completamente bem. Há seis anos, caminha para cima e para baixo o dia inteiro em seu quarto e murmura consigo mesmo, sem se preocupar com nada. À noite permanece sempre acordado e vaga pela casa e vai até a porta. Geralmente sai com o marceneiro e escreve, em qualquer pedaço de papel que lhe caia nas mãos, coisas completamente insensatas, mas que, de vez em quando, parecem ter um sentido infinitamente estranho. Deu-me um rolo desses papéis, nos quais li estrofes milimetricamente corretas, mas sem nenhum sentido. Pedi que me dessem um desses dossiês. A notar a maneira pindárica, que volta frequentemente. Quando é compreensível, fala sempre de dor, de Édipo, da Grécia. Despedimo-nos e, quando descíamos a escada, vimo-lo ainda uma vez pela porta aberta, a caminhar pelo quarto. Um arrepio de horror atravessou-me, vieram-me à mente as feras que, em suas gaiolas, andam para lá e para cá, e apressamo-nos para casa, apatetados.

Durante o dia inteiro, não consegui arrancar da memória essa atroz visita. Pensei incessantemente nesse Hölderlin. Não conseguia esquecer nem mesmo a amável jovem, e era um doce pensamento saber que iria revê-la e voltaria a visitá-los. Ao meio-dia, parti para Stuttgart, continuando a fantasiar sobre Hölderlin e a jovem. Enquanto eu saía, veio ao meu encontro na escada, com uma jarra na mão».

É realmente singular que Waiblinger espante-se com os títulos honoríficos que Hölderlin atribui a ele, quando ele mesmo apresentou-se com a recomendação de pessoas que ele qualifica por meio de títulos oficiais (conselheiro de corte, conselheiro superior das finanças). Waiblinger não consegue entender que o poeta está apenas ironicamente estendendo, a qualquer homem, um semelhante cerimonial.

Em 6 de agosto, Waiblinger recebe de Uhland uma cópia de *Hipérion*: «Esse Hölderlin entusiasma-me. Deus! Deus! Esses pensamentos, esse sutil, alto e puro espírito em um louco! Daqui não me movo. *Hipérion* é cheio de conteúdo, de espírito [...] Hölderlin balança-me. Encontro nele uma infinitamente rica nutrição. Ele abre todo o meu peito — sinto-me afim a essa grande, ébria alma — ou Hölderlin — loucura».

9 de agosto. «*Hipérion* merece a imortalidade tanto quanto *Werther* e mais que *Der Messias* [...] Hölderlin é um dos homens mais ébrios e divinamente possuídos, como poucos a terra produziu, o sagrado sacerdote iniciado da sagrada natureza [...] Sinto-me terrivelmente impelido a escrever um romance epistolar [...] devo escrevê-lo logo, devo escrevê-lo logo [...] Agora tenho que ter notícias precisas do louco».

10 de agosto. «O herói do meu romance é um Hölderlin, um que se torna louco por embriaguez divina, por amor e desejo do divino».

11 de agosto. «Estou escrevendo um romance! [...] O tom é profundamente fantástico — não o usual Werther —, algo de particular, de absolutamente original [...] Se eu não enlouquecer, como o meu artista, farei qualquer coisa de grande. Da história de Hölderlin, sirvo-me até o fim».

1º de setembro. «Um espírito como Hölderlin, que, da inocência celeste, por uma espantosa perturbação, caiu na mais atroz contaminação, é algo a mais do que os débeis que permanecem para sempre na mesma plataforma. Hölderlin é meu homem. Sua vida é grande, terrível mistério da humanidade. Esse alto espírito devia afundar, caso contrário não teria sido tão alto. O que são todos os poetas: Bürger, Matthison (*sic*), Tiedge, Uz, Kramer (*sic*), Kleist, Kosegarten, Weisser, Neuffer, Haug, em relação a ele?».

24 de outubro, nova visita a Hölderlin. «Estive novamente com Hölderlin. Fiz a ele muitas perguntas, as primeiras palavras que dizia eram razoáveis, as outras espantosamente insensatas. Enquanto eu saía para ir ter com o marceneiro, Hölderlin disse à jovem que me conhecia, que estive com ele, que eu era muito gentil. Proponho-me a escrever-lhe».

Figura 10. Wilhelm Waiblinger. *Autorretrato*, desenho, 1825.

Na biografia publicada em 1831, Waiblinger destaca que uma das frases que Hölderlin repetia com mais frequência era: *Es geschieht mir nichts*, literalmente: «não me acontece nada». Na vida do poeta na torre, nada pode acontecer.

26 de novembro. Do diário de Waiblinger: «Conversei uma hora inteira com Conz. Falou-me de Schiller e de Hölderlin. Sem amor não há ser nem vida, sem amor, nenhum espírito, nenhum Deus, nenhuma natureza! [...] oh! eu serei, serei ainda feliz, feliz através do amor. Projetos equivocados por desejo de glória, tensão exagerada e um amor infeliz tornaram louco o grande Hölderlin. Será assim também para mim?».

1823

Waiblinger, que se estabeleceu em Tübingen e alugou uma casa com jardim em Osterberg, continua a visitar Hölderlin.

22 de fevereiro. «Tremendo, estive novamente ao lado do louco Hölderlin. Tocava piano. Pode fazê-lo mesmo que por oito dias seguidos. Não se deixou perturbar por mim».

23 de fevereiro. «*En kai pan!* Quero pendurar isso na parede da minha pequena casa com jardim».

Em 23 de março, Zimmer escreve à mãe do poeta que as condições de Hölderlin melhoraram de repente: «Recentemente, Hölderlin parece como que desperto de um longo sono». Fica o dia inteiro com a família do marceneiro, «lê também os jornais e perguntou-me se Württemberg tornou-se um reino. Espantou-se quando lhe confirmei. Interessa-se também pelos gregos e leu, com atenção, sobre a vitória deles. No final, disse-lhe que todo o Peloponeso estava livre dos turcos. 'É incrível — gritou — estou feliz por isso!'. Com meu Christian, fala em francês e fala-o ainda bastante bem. Disse a Christian, em francês, que, se o tempo estiver bom, irá sempre passear em Osterberg. Não posso reenviar-te *Hipérion*. Lê-o todo dia e lê também traduções de Conz dos poetas gregos. Às vezes, também pega do meu Christian clássicos antigos e lê».

8 de junho. Do diário de Waiblinger: «Fiz uma visita a Hölderlin e convidei-o para passear amanhã. Há alguns dias está

sempre na cama e, sozinho, de manhã, passeia para cima e para baixo ao longo das muralhas. Lê muito seu *Hipérion*. Uma extravagância sua é que, apenas terminado de comer, coloca os pratos na frente da porta. Disse-me inclusive puras loucuras».

9 de junho. «Hoje, Hölderlin, ainda deitado na cama, recusou-se com as mais inacreditáveis desculpas a sair com minha real majestade. O marceneiro deu-me outras notícias de sua vida.
 O onanismo também contribuiu para sua derrocada. Mas sua vida é infinitamente rica. Hölderlin teria podido tornar-se o primeiro poeta lírico alemão. Pela manhã, nesses dias, caminha para cima e para baixo ao longo das muralhas até cerca de meio-dia. O jovem Zimmer finalmente convenceu-o a se levantar. Hölderlin reconheceu-me imediatamente e desculpou-se de modo absurdo. É possível ouvi-lo sempre dizendo: 'Vossa Graça, Vossa Excelência, senhor padre! Graciosíssimo, eu atesto minha sujeição (*meine Unterthänigkeit*)'. Sugeri a ele vir a meu Panteão. A vista da magnífica manhã primaveril finalmente pareceu persuadi-lo. Fiz-lhe mil perguntas, mas obtinha sempre respostas incompreensíveis ou insensatas. Quando lhe perguntei 'quanto anos tem, senhor bibliotecário?', respondeu, em meio a uma profusão de palavras francesas, 'não sei mais, Vossa Graça'. Tentei em vão lembrá-lo das coisas. Zimmer surpreendeu-se que ele entrasse em minha casinha e pareceu-lhe inacreditável que Hölderlin fumasse cachimbo, e que eu o enchesse e acendesse e que ele parecia apreciá-lo com prazer. Quando lhe propus, sentou-se à minha escrivaninha e começou a escrever uma poesia, *A primavera*, escreveu só cinco linhas rimadas, entregando-a para mim com uma profunda reverência. Até então, não havia nunca parado de falar consigo mesmo, dizendo sempre 'Justamente: agora não! É verdade! Sou muito devoto a Vossa Graça, atesto a minha submissão a Vossa Graça — sim, sim, mais do que eu posso dizer, Vossa Graça é muito gentil'. Quando lhe disse que eu também desejava

ser poeta e mostrei-lhe o manuscrito, fixou-me e inclinou-se, dizendo: 'Assim! Assim? Vossa majestade escreve? Isso é certo'. Gritou Oh! com verdadeira simpatia quando lhe contei sobre a desgraça de Haug. Ele também me perguntou quantos anos eu tinha. Mas, apenas terminou de escrever, ficou em silêncio, olhou muito tempo para fora da janela e não disse mais como antes: 'Extraordinariamente belo, o que Vossa Graça tem'. Abaixou novamente os olhos pensativamente, imóvel, mal movendo os lábios em um som convulsivo, e finalmente pegou o chapéu e, sem nenhum cumprimento, foi embora conosco, em silêncio, sem falar, sem fazer nenhuma saudação, sem ficar atrás de nós como sempre fazia por cortesia — com uma melodia nos lábios, enfim despedindo-se, fez-me razoáveis cumprimentos. É difícil que possa recuperar inteiramente a razão: impede-o também sua debilidade física; mas acalmá-lo, tranquilizá-lo, pacificá-lo, isso é possível e, mesmo que apenas por algumas horas, creio ter conseguido. Parece ter muita confiança em mim; seu comportamento de hoje é a prova. Quero levá-lo mais vezes à minha montanha e buscar, de todo modo, estar perto dele».

15 de junho. «Hölderlin esteve em minha casa, leu para mim do seu *Hipérion*. Oh! Sou ainda um menino cheio de alegria. Hölderlin é meu amigo mais querido! Mas é louco. Oh, poderia beijar aqueles desnudos lábios macilentos!».

9 de julho (de uma carta de Waiblinger a Friedrich Eser): «Hölderlin está sempre em minha casa com jardim, tem uma incrível confiança em mim. Leu meu *Faetonte* e profetizou-me: 'Tornar-te-á um grande Senhor, vossa santidade!' Ele escreve poesias para mim».

Em 27 de julho, Mörike faz uma visita a Hölderlin em companhia de Rudolf Lohbauer e do litógrafo Gottlob Schreiner: «Eles desenharam juntos, quase por brincadeira, o perfil do pobre homem em um pedaço de papel que ainda conservo».

Waiblinger entrega-lhe algumas folhas escritas por Hölderlin, «duas poesias métricas e algumas cartas como continuação do romance *Hipérion*. São notáveis e comoventes pelo enorme contraste com suas produções anteriores e, no entanto, ambas as poesias — enigma da loucura — em parte deixam adivinhar um sentido estupendo e, em parte, mostram-no com evidência».

Hölderlin a Karl Gock:

Caríssimo irmão!
Queiras aceitar bem que eu te escreva uma carta. Estou convencido de que tu creias ser uma verdadeira alegria para mim saber que estás bem e com saúde. Mesmo que te escreva muito pouco, toma a carta como um signo de atenção de minha parte.

Vejo que devo encerrar. Recomendo-me à tua benévola memória e nomeio-me

teu irmão que te estima
Hölderlin

1824

1º de julho. Do diário de Waiblinger: «Hölderlin toca piano e canta».

Carta de Hölderlin à mãe:

Veneranda mãe!
Como sabe, escrevo-te sempre com prazer quando, nos habituais sentimentos disso que, como lhe é notório, tornei-me, sinto que a maneira de tornar-me compreensível é como deve ser. Escreva-me sempre muitas coisas às quais eu deva responder com a devida cortesia. Sou
seu devoto filho
Hölderlin

De um testemunho de Nina von Nindorf, de seu livro *Reisescenen in Bayern, Tyrol und Schwaben* (Stuttgart, 1840), que se refere presumivelmente à visita de Mörike a Hölderlin: «Mörike, durante seus anos na universidade, foi com frequência visitar o infeliz poeta. Ele tinha sempre momentos lúcidos e belos; mas, quando se enredava em uma frase e sentia não poder desembaraçar-se, era comum concluí-la com o último e decisivo argumento: 'Z, sim!' (verossimilmente, a última letra do alfabeto)».

Figura 11. J. G. Schreiner e R. Lohbauer,
Retrato de Hölderlin, desenho, 1823.

1825

Theodor Visher, que havia estudado em Tübingen de 1825 a 1830, conta ter visitado Hölderlin quatro vezes: «Podia-se falar com ele e, por momentos, entendê-lo. Às vezes, o sentido de suas palavras era perfeitamente razoável, outras vezes, tornava-se obscuro. Sofria de uma falta de consequencialidade (*Zusammenhangslosigkeit*) no pensamento, mas não tinha ideias fixas [...] Seu rosto tinha ainda os traços de uma grande beleza. A fronte alta e clara, o nariz de orgulhosa nobreza, o queixo modelado na justa linha grega».

Em 13 de maio, Uhland envia a Karl Gock a coletânea de poesias de Hölderlin «como aparecerá segundo minha curadoria e de Schwab [...] Decidimos deixar de fora tudo que provém de um período no qual a especial excelência do poeta não havia ainda se desenvolvido, como é o caso dos hinos publicados nos almanaques de Stäudlin, que são ainda evidentes imitações de Schiller; excluído deve igualmente ficar tudo aquilo em que a clareza da mente aparece já perturbada. Aqui, a linha divisória não é fácil de traçar; mas peças como *Patmos*, *Chiron* não puderam ser incluídas. Se o sentido da grande poesia não morreu na Alemanha — acrescenta Uhland —, essa coletânea deverá suscitar alvoroço».

Zimmer transcreve (talvez ditado pelo poeta), no verso do manuscrito da poesia *Quem é Deus*, duas estrofes a ele dedicadas:

Von einem Meschen sag'ich, wenn der ist gut
Und weise, was bedarf er? Ist irgend eins
Das einer Seele gnüget? Ist ein Halm, ist
Eine gereifteste Reb' auf Erden

Gewachsen, die ihn nähre? Der Sinn is des
Also. Ein Freund ist oft die Geliebte, viel
Die Kunst. O Teurer, dir sag ich die Wahrheit.
Dädalus Geist und des Walds ist deiner.

De um homem digo, se é bom
e sábio, do que precisa? Não há nunca uma coisa
que basta a uma alma? Nunca é uma haste, é
um ramo maduro sobre a terra

crescido, que o nutra? O sentido é
então. Um amigo é com frequência a amada, muito
a arte. Oh caro, eu te digo a verdade.
Tua é a mente de Dédalo e do bosque.

1826

Em 23 de fevereiro, Waiblinger manda para Adolphe Müllner, uma poesia «Para Hölderlin», que começa:
Komm herauf, / Jammerheiliger / Blick auf /mit deine irren Auge / Deiner Jugendschöne, / Deines Kinderherzens / offnem Nebelgrab («Surges / sagrado infeliz / olha / com teus olhos perdidos / o sepulcro descoberto / da tua juvenil beleza, do teu coração infantil»). Na nota que acompanha a poesia, ele escreve que a publicação da nova edição de *Hipérion* não teve a recepção que teria merecido e que «as cintilas do mais puro talento lírico estão quase tão apagadas no ânimo do poeta louco como nos olhos do público». Nessas condições, Waiblinger anuncia a próxima publicação de «uma descrição de sua (de Hölderlin) vida presente», que «estaria entre as coisas mais interessantes que se podem dizer sobre uma titânica aspiração em luta com uma trágica sorte». «Como comentário dessa poesia — acrescenta —, pode ser útil saber que o poeta louco de *Hipérion* fez-me visitas durante um verão inteiro em minha casa com jardim, antes habitada por Wieland, da qual se goza de uma vista encantadora de uma região que as mais doces e tristes lembranças tornaram sagrada para o infeliz, e onde ele leu em voz alta *Hipérion* e poesias escritas em um estilo que pode fazer medo».

Hölderlin dedica a Waiblinger uma poesia:

Wenn Menschen frölich sind, wie ist es eine Frage?
Die, ob sie auch gut sei'n, ob sie der Tugend leben;

Dann ist die Seele leicht, und seltner ist die Klage
und Glauben ist demselben zugegeben.

Quando os homens são felizes, como é isso?
Sejam eles bons ou vivam pela virtude;
pois a alma é leve e raro o lamento
e a fé lhes é concedida.

Frases e motes que Hölderlin escreve para os visitantes:

Senhor von Sillaer:
Omnes homines sunt praecipue boni

Senhor von Nartizaer:
Homines sunt eis praecipue non infensi

Senhor von Sommineer:
Quomodo homines sunt, ita est eis participatum

Senhor von Paristeer:
Homines sunt tales, quomodo illi praecipue sunt inter se

Senhor von Zirwizaer:
Homines sunt praecipue tales, quomodo illi sunt inter se boni

No início de junho, Cotta finalmente publica as poesias de Hölderlin. Gock manda uma cópia para o irmão, acompanhada de uma carta na qual se desculpa por não poder entregar-lhe o livro pessoalmente.
«Assim, agora, os frutos de tua excelente poesia são conservados no mundo e, neles, tua lembrança será honrada por todos os homens cultos e profundamente sensíveis [...] O honorário que Cotta pagou pelas poesias e pela segunda edição de *Hipérion* foi entregue em Nürtingen à tua mãe, como tua propriedade, e será

usado como dispuseres [...] Espero poder visitá-lo neste verão, na medida em que minhas obrigações permitam-no. Talvez, será possível que também minha mulher e meus dois filhos, Carl e Ida, que há tempos desejam ver o tio, me acompanhem».

Segundo um testemunho, Hölderlin reage à publicação com profunda insatisfação, observando que «não tinha necessidade de ajuda e que podia, ele mesmo, publicar o que havia escrito».

Carta à mãe:

Caríssima mãe!
Devo rogar-lhe que assuma o ônus do quanto tive de dizer e de que se pergunte a respeito. Tive que lhe falar com a clareza, pela senhora ordenada, do que me disse querer atribuir-me. Devo dizer-lhe que não é possível onerar-se pelo sentimento imposto por isso que a senhora sabe. Sou
seu devotíssimo filho
Hölderlin

Mörike visita novamente Hölderlin em companhia de Gottlob Schreiner, que executa um retrato a carvão do poeta, o qual, segundo Mörike, «assemelha-se muitíssimo a ele».

1827

Em 24 de janeiro, Uhland escreve a Varnhagen von Ense, lamentando-se por não ter podido consertar, como desejaria, os esboços da coletânea das poesias de Hölderlin, para a qual «escavamos, da lava do legado manuscrito, os fragmentos de *Empédocles*». «Pelos erros de impressão não somos responsáveis, havíamos pedido para fazer uma revisão e, depois que os manuscritos ficaram longo tempo à espera, de repente nos vimos diante da maior parte do livro impressa em Augsburg. Procurei, por meio de uma longa lista de erros de uma parte das folhas, remediar o quanto fosse possível sem confrontar os manuscritos».

Em 20 de março, Uhland a Kerner: «Gock mandou-te um exemplar das poesias de Hölderlin? Suscitaram um alvoroço!».

Hölderlin à mãe:

> Sou livre, graças à autorização do bom senhor Zimmer, para recomendar-me muito devotamente à senhora e nomeio-me
> seu devotíssimo filho
> Hölderlin

Na primavera, Gustav Schwab publica, no *Blätter für Literarische Unterhaltung*, um ensaio sobre a poesia de Hölderlin.

1828

Em fevereiro, Arnim publica, no *Berliner Conversationsblatt*, um ensaio com o título *Excursão com Hölderlin* (*Ausflüge mit Hölderlin*), no qual critica a exclusão de algumas poesias da coletânea de Uhland e Schwab e transcreve, em apêndice, uma versão em prosa do hino *Patmos*.

Em 17 de fevereiro, morre, em Nürtingen, Johanna Christiana Gock, cujas exéquias acontecem dois dias depois. Segundo o testemunho de Zimmer em uma carta à irmã do poeta, Hölderlin não parece reagir: «Dela e de sua cara defunta mãe, desde o momento em que ele recebeu a carta com a lutuosa notícia, não falei mais, por temor que pudesse novamente perturbar-se. E nem sequer ele me disse mais nada a respeito». Também Schwab, em sua biografia, escreve: «Sua (da mãe) morte parece ter causado em Hölderlin pouca impressão, sua mente não era mais sujeita àquelas leis, que, pelo menos, por um átimo, governam com natural necessidade mesmo os homens mais brutos».

Em 20 de fevereiro, tem lugar a abertura do testamento, à qual Hölderlin é representado pelo seu tutor, Israel Gottfried Burk. Imediatamente nasce um litígio entre Karl Gock, Heinriche Breunlin, a irmã, e o administrador de Hölderlin a respeito da repartição do ativo herdado de 18863 florins, que se concluirá somente com uma sentença do tribunal real de Stuttgart em 29 de setembro de 1829. Sem levar em conta a vontade testamentária da mãe nem o fato de que também cabia a Hölderlin a herança do pai e da própria defunta irmã, Gock sustenta que seu meio-irmão não tem direito a nada, porque já havia recebido até demais para sua subsistência. O tribunal, levando em conta a condição abastada de Christiana Gock e o fato de que ela havia gozado de uma contribuição para a manutenção do filho doente, decide conceder 5230 florins para cada um, a Gock e à irmã, e 9074 florins «ao Magister Hölderlin». Como resulta da sentença, Hölderlin já tivera direito, anteriormente, ao patrimônio hereditário paterno, o qual deixou ser administrado pela mãe, limitando-se a receber somente pequenos subsídios em caso de extrema necessidade. Zimmer, comentando o caso da herança, escreverá a Burk, em 16 de abril de 1828: «É triste que não se queira reconhecer nem o que a mãe havia-lhe concedido, até aqui o destino persegue-o. O que dirá dessa história um futuro biógrafo, que espero não lhe faltar?».

15 de abril. Fatura do alfaiate Philipp Feucht, «para o senhor bibliotecário Helderlin»:

um colete feito em 28 de fevereiro	36 k.
consertadas duas calças com botões	28
consertada uma calça em 15 de abril	16

Em 16 de abril, Zimmer escreve ao administrador Burk, enviando-lhe a conta quadrimestral, de cerca de 52 florins, para as despesas de manutenção de Hölderlin. Além da despesa fixa de alimentação e habitação, figuram, entre aquelas «da Candelária até São Jorge»:[4]

rapé	1f.27
vasilhame	5.30
barbeiro	1.30
vinho	6

[4] Festas religiosas pelas quais Zimmer indica o período entre janeiro, mês em que se realiza a Festa da Candelária, e abril, quando se comemora o dia de São Jorge. A contagem é inclusiva, por isso conta-se o período como um quadrimestre. [N. E.]

lavagem	2.24
lenço de pescoço preto	1.52
sapateiro	1.42
lojista	1.18
alfaiate	1.47

Na carta, Zimmer escreve: «Não sei se conheceu o caro e infeliz Hölderlin e se se interessou por ele. Merece atenção sob todos os aspectos. Um jornal recente definiu-o como o primeiro poeta elegíaco da Alemanha, exceto por sua magnífica e grande mente, que agora jaz agrilhoada. Seu espírito também é tão rico, tão profundo, que é difícil achar um igual a ele entre os mortais».

Em 19 de julho, Zimmer escreve a Heinriche Breunlin, alegando a conta das despesas «de São Jorge a São Tiago»:[5] «O senhor seu irmão está muito bem, levanta-se de madrugada e passeia até as sete horas da noite, quando janta e logo depois vai para a cama. Suas forças corporais são sempre ainda boas e tem um forte apetite, no rosto envelheceu um pouco, pois perdeu os dentes anteriores e os lábios estão dobrados para dentro e o queixo avança para a frente, agora não está mais descontente, seu espírito está tranquilo e nas relações é muito agradável e atencioso. Não reage bem se estranhos lhe querem falar e perturbam-no em seus hábitos».

Segue a conta das despesas «de São Jorge a São Tiago», em um total de 57 florins (estão incluídas as despesas para a iluminação — 1 florim e 36 — «que, na conta anterior, foram esquecidas»).

19 de julho. Recebida do sapateiro Gottlieb Esslinger: «para o senhor Helderle, um par de pantufas 1 f. e 48».

Em 25 de agosto, um companheiro da universidade, Emanuel Nast, faz uma visita a Hölderlin, que não o reconhece — ou,

---

5 Período entre a festa litúrgica de São Jorge e a de São Tiago, em julho. [N. E.]

como é mais provável, não quer falar com ele, mesmo porque fora mandado pelo meio-irmão Karl Gock para discutir problemas de herança. Em uma carta seguinte a Heinriche Breunlin, Zimmer assim descreve o encontro: «Um velho companheiro de universidade, Nast, fez-lhe uma visita, mas Hölderlin não quis reconhecê-lo, estava tocando piano, Nast chorava como uma criança, comovido pelo amor e pela tristeza abraçou Hölderlin no pescoço gritando caro Hölderle não me reconhece mais, mas Hölderlin estava feliz em suas harmonias e somente anuiu com a cabeça à sua pergunta». Também Rosine Staüdlin, que Zimmer descreve como «envelhecida, mas com olhos vivazes e brilhantes», fez uma visita a Hölderlin no decorrer do verão.

29 de novembro. Carta de Zimmer a Burk: «Recebi o dinheiro que você me mandou para a conta do senhor Hölderlin, e os cem florins que fez a bondade de arranjar-me [...] De resto, ele (Hölderlin) não é infeliz, tem uma imaginação inacreditável e está sempre ocupado consigo mesmo».

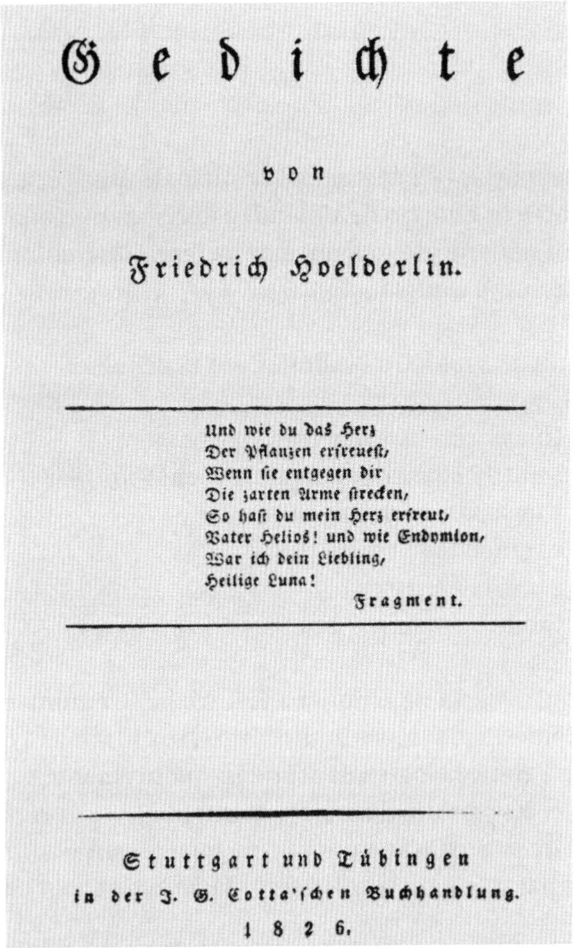

Gedichte

von

Friedrich Hoelderlin.

Und wie du das Herz
Der Pflanzen erfreuest,
Wenn sie entgegen dir
Die zarten Arme strecken,
So hast du mein Herz erfreut,
Vater Helios! und wie Endymion,
War ich dein Liebling,
Heilige Luna!
                    Fragment.

Stuttgart und Tübingen
in der J. G. Cotta'schen Buchhandlung.
1 8 2 6.

Figura 12. Capa da edição dos poemas de 1826.

1829

10 de março — 2 de junho. Por meio de uma série de pareceres (entre os quais, o de Uhland) e decisões oficiais, o subsídio para o sustento do «doente mental (*gemüthskranken*) Magister Hölderlin» é confirmado.

Fatura do sapateiro Esslinger, em 18 de julho:

Um sapato invernal com sola nova,	
e outro, consertado na frente, em 19/9/1828	50
Um sapato com sola nova	
e remendado em 27/1/1829	54
e outro, em 31	46
total	2 f. 30

De outra carta de Zimmer a Heinriche Breunlin, em 15 de abril: «Hölderlin é sempre muito alegre, se alguém em casa toca uma valsa começa logo a dançar e frequentemente é até espirituoso, esteve particularmente tranquilo nessa primavera, e agora volta sua estação dourada, na qual levanta-se às três da manhã e passear para ele é uma verdadeira festa».

De uma carta de Zimmer à mesma Heinriche Breunlin, em 18 de julho: «O caro senhor seu irmão está bem. Mas neste verão não se levantou cedo como de costume, geralmente levanta-se em torno das cinco e vai para a cama já às oito e meia [...] de tarde quando toma café não fica sentado, mas caminha o dia inteiro para cima e para baixo, enquanto bebe vinho vagueia ao redor, nos dias frios caminha para cima e para baixo em casa, caso contrário normalmente fora de casa. Tem agora sessenta anos, mas é ainda um homem forte, vive em paz e contente, muito raramente se mostra descontente e isso acontece quando na sua imaginação luta com os doutos».

Em agosto, Neuffer prepara uma publicação, na *Zeitung für die Elegante Welt*, dos hinos de Hölderlin que foram excluídos da coletânea de Uhland e Schwab.

1830

De uma carta de Zimmer a Heinriche Breunlin, em 30 de janeiro: «O senhor seu irmão está muito bem. Já procurou duas vezes sair ao ar livre, mas todas as vezes voltou porque fazia muito frio. Vive conosco um senhor Lebret que se interessa muito por seu irmão. Disse-me que Hölderlin apaixonou-se pela irmã de seu pai, sente infinitamente que seja tão infeliz, antes era uma cabeça excepcional. De resto, há tantas coisas que tranquilizam o senhor seu irmão, seu amor pela música, seu sentido pelas belezas da natureza e pelas artes visuais».
Segue-se a habitual fatura.

Höderlin escreve para Lebret (o estudante de direito Johann Paul Friedrich Lebret, sobrinho de Elise Lebret) duas poesias (segundo uma anotação no verso da folha de Johannes Mährlen, em troca de uma cachimbada de tabaco): *Aussicht* (*A vista*), que começa com *Wenn Menschen frölich sind, ist diese vom Gemüte* (Quando os homens estão contentes, isto é para o espírito) e *Dem gnädigsten Herrn von Le Bret*, que começa com *Sie, Edler! sind der Mensch, von dem das Beste sagen* (Vós, nobre!, sois o homem para o qual dizer o melhor).

Do diário da princesa Marianne da Prússia, datado de 6 de março: «Ontem veio a nossa casa o atual *Rector magnificus*, o mundialmente famosos Professor Hegel — para mim, foi verdadeiramente embaraçante —, quase me envergonhava de falar com ele, sentia-me confusa e não sabia o que dizer, depois me lembrei do senhor Sinclair, que ele conhecia há muito tempo, comecei a falar dele [...] depois ele começou a falar de Hölderlin, que se perdeu para o mundo — do seu livro *Hipérion* —, tudo isso havia feito *époque* na minha meninice por causa de minha irmã Augusta — ao ouvir aquele nome senti uma verdadeira alegria, todo um passado descerrou-se através dele, e aquele homem, como um eco, era-me, naquele momento, verdadeiramente querido. Despertou-se uma espécie de lembrança, como ocorre habitualmente com um som ou uma melodia. Revi, no mesmo instante, o livro *Hipérion*, com sua encadernação verde, na janela de minha irmã Augusta, os belos ramos à janela e a luz do sol, as frescas sombras na alameda das castanheiras marrons diante da janela, ouvi os pássaros — em suma, todo o passado descerrou-se àquele nome amigo».

Segundo o testemunho de Zimmer em uma carta de 1835 («há dois anos fez estes versos para si»), é provavelmente nesse período que Hölderlin escreve esta poesia:

> *Nicht alle Tage nennet die schönsten der,*
> *Der sich zurücksehnt unter die Freuden, wo*
> *Ihn Freunde liebten, wo die Menschen*
> *Über dem Jüngling mit Gunst verweilten.*

> Não todos os dias chama mais belos quem
> nas alegrias tem saudade de quando
> amavam-no seus amigos, de quando os homens
> com o jovenzinho entretinham-se com satisfação.

Em 8 de março, Zimmer e o administrador de Hölderlin firmam um acordo segundo o qual será pago a Hölderlin, todo ano, uma soma única de 250 florins (146 para a alimentação, 24 para o vinho, 8 para o café da tarde, 6 para o rapé e uma quantia igual para o barbeiro...).

1831

Na revista *Zeitgenosse*, de Leipzig, foi postumamente publicado o ensaio biográfico de Waiblinger «*Friedrich Hölderlin Leben, Dichtung una Wahnsinn*». Waiblinger havia deixado Tübingen em 1826 e havia-se mudado para Roma, onde morreu em 17 de janeiro de 1830 («aqui, simplesmente feliz», como lembra uma placa em sua casa, na via del Mascherone, perto da praça Farnese).

«Ocupa-se o dia inteiro de seu *Hipérion*. Centenas de vezes, quando ia visitá-lo, ouvia-o declamá-lo em voz alta. Sua emoção é grande, e *Hipérion* está sempre aberto a seu lado. Frequentemente lia-me trechos. Apenas terminado um, começava a chamar-me com gestos impetuosos *Belo! belo! Vossa majestade!*, depois lia de novo e, de repente, acrescentava: '*Olhe, gentil Senhor, uma vírgula!*' Lia-me sempre outros livros que eu lhe dava. Mas não entendia, porque era muito distraído e não conseguia seguir seu próprio pensamento, para não falar do alheio [...] Os outros livros que lia eram as *Odes*, de Klopstock, Gleim, Kronegk *(sic)* e outros antigos poetas. As *Odes*, de Klopstock, lia-as sempre e parecia preferi-las. Disse-lhe muitas vezes que seu *Hipérion* fora reimpresso, e que Uhland e Schwab estavam recolhendo suas poesias. Nunca ouvi outra resposta senão uma profunda reverência e estas palavras: *É muito gentil, senhor Waiblinger! Sou-lhe muito grato, vossa alteza!*».

Recibo de Zimmer, datado de 22 de abril:

«Recebo do Senhor administrador Burk 62 florins, para o quadrimestre da Candelária até São Jorge, para as despesas do Magister Hölderlin.
Assinado Ernst Zimmer, Tübingen, 22 de abril de 1831.»

1832

De uma carta de Zimmer a Burk, de 21 de janeiro: «Alegra-me poder escrever-lhe que seu pupilo está muito bem, é em geral doce e cortês, passa os dias de inverno tocando piano, que o diverte muito e, enquanto toca, canta, mas seu canto não é mais agradável como nos dias de primavera, quando não se assenta ao piano move-se incessantemente o dia inteiro, e somente à noite, para o jantar, fica um pouco sentado».

De uma carta de Mörike a Johannes Märhrlen: «Ocasionalmente, leio de novo *Hipérion*. Quando me pus a relê-lo, fiquei perturbado, apesar de toda a sua magnificência, por um inevitável sentimento de deformação em todo o assunto, na construção e, às vezes, até mesmo na descrição do personagem principal, ao qual, em si puramente elegíaco (como o próprio Hölderlin define-o), são sobrepostas aspirações de grandeza absolutamente não heterogêneas. No final de tudo, parece uma comovente caricatura, com algumas genuínas líricas incomparavelmente verdadeiras e belas agonizantemente aplicadas à trama. A impressão do leitor é, a um só tempo, penosa e feliz. Sentimo-nos raptados, como de repente tocados na fibra mais delicada da alma pela mão de um deus, potentemente alçados e, depois, de novo, tão doentes, tão pusilânimes, hipocondríacos e miseráveis, que todo traço de uma vocação, mesmo da poesia trágica, esmorece».

Antes de 18 de junho, Hölderlin escreve a primeira poesia rimada, com o título *A primavera*, que começa:

Wie selig ist, zu sehen, wenn Stunden wieder tagen
Wo sich vergnügt der Mensch umsieht in den Gefilden,
Wenn Menschen sich um das Befinden fragen,
Wenn Menschen sich zum frohen Leben bilden...

Como feliz é ver, quando tornam as horas
em que o homem, de si contente, contempla os campos,
quando os homens perguntam como vai,
quando os homens se educam à vida serena...

Fatura de 2 de junho, de Ernst Zimmer:
«Minha mulher comprou um colete para Hölderlin [...] 1 florim e 28».

1º de dezembro. Relatório do Ministério do Interior de Württemberg sobre o estado dos doentes mentais na cidade de Tübingen:

> Nome: Magister Hölderlin
> Idade: 62 anos
> Religião: luterana
> Profissão e estado civil: bibliotecário, solteiro
> Duração da doença: 29 anos
> Caráter da doença mental: confuso (*verwirrt*)
> Sustento: familiar
> Observação: calmo
> Causas: amores infelizes, cansaço, estudos.

1833

De uma carta de Zimmer a Burk, datada de 29 de janeiro: «Mando-lhe o recibo da conta do último quadrimestre. Agradeço-lhe de modo especial pela generosa doação de 22 florins que nos surpreendeu muito. Hölderlin será sempre tratado segundo seu bom desejo. Ele está sempre muito bem e sereno e dorme bastante bem, até canta e toca durante uma metade do dia».

De uma carta de Zimmer a Burk, de 18 de abril: «Hölderlin está muito bem [...] há dois dias veio à nossa casa às oito da noite um senhor com uma caixa de alfaces na cabeça, querendo entrar no quarto de Hölderlin, dando a entender que vinha de Nürtingen e tinha uma incumbência da parte da irmã de Hölderlin, já que Hölderlin estava na cama impedimo-lo [...] prometeu voltar no dia seguinte, mas não voltou, enquanto ia embora declamando trechos de *Hipérion*, de Hölderlin, e via-se que não tinha a cabeça no lugar [...] Segue a conta do sapateiro».

Conta do sapateiro Müller, em 15 de abril:
Senhor Helderle:
    16 de fevereiro consertado um sapato   52
    8 de março sola nova para um sapato   48
    Total de florins   1.40

De uma carta de Zimmer a Buck, 6 de novembro: «O senhor seu pupilo tem absoluta necessidade de calças novas, para as quais incluo a conta para o tecido, o alfaiate não fez ainda as calças, caso contrário lhe teria mandado também a conta dele.

Hölderlin está bem e contente. Está muito ocupado com a declamação das odes de Klopstock, lê também Homero e canta com muita inspiração».

Conta da costureira Friederike Maier, Tübingen, 6 de novembro:
Para o senhor magister Hölderlin
    dois pares de meias tricotadas   16 k
    pela lã   30
    costurados ainda vários pares de meia   24
    total   florins 1.10

1834

Anúncio publicado em 23 de maio, no *Stuttgarter Beobachter*: «Já em 1828, Achim von Arnim, em suas '*Excursões com Hölderlin*', no *Berliner Conversationsblatt*, acenou para os poemas que faltam na coletânea publicada por Cotta. Seria auspicioso que esses poemas ainda inéditos não permanecessem mais tempo subtraídos ao público que se interessa pelos dons poéticos e pelo infeliz destino de Hölderlin. Acreditamos, por conseguinte, agir em nome de um grande número de amigos da literatura se rogamos vivamente àqueles que possuem esses poemas que respondam rápido a esse auspício.
Muitos admiradores da musa de Hölderlin».

No mesmo mês de maio, ou em junho, Uhland, que com razão via nesse anúncio uma crítica a Gock, a Schwab e a si mesmo, prepara uma resposta. Depois de ter especificado que o aceno de Arnim não se referia a poesias não publicadas, mas àquelas já aparecidas no *Musenalmanach*, de Seckendorf, de 1807 e 1808, acrescenta: «Nossa intenção era que o excelente poeta aparecesse nessa primeira coletânea em suas qualidades mais maduras e mais fortes. Deixamos de lado o que, uma vez tendo ele recebido o justo e geral reconhecimento, poderia interessar apenas como contribuição ao conhecimento de sua história interior. Quem se der ao trabalho de observar com cuidado os manuscritos dos parentes de Hölderlin por nós utilizados convencer-se-á de que não deixamos de conservar, pelo menos fragmentariamente, mesmo os manuscritos mais difíceis de decifrar, como os de *Empédocles* [...] Resta, por conseguinte, de nossa parte, somente o justo auspício de que os até agora nomeados 'Admiradores da Musa de Hölderlin' queiram dar seus nomes e os nomes daqueles que, enquanto possuidores de poesias inéditas de Hölderlin, sentem que devem acusar de mantê-las escondidas».

De uma carta de Zimmer a Burk, datada de 18 de julho: «Ao enviar-lhe a conta, posso dar-lhe boas notícias do senhor seu pupilo. Sua vida é absolutamente regular. De madrugada, às três, levanta-se e passeia até as sete, quando toma o café da manhã, depois toca piano geralmente por duas horas seguidas e também canta e nas horas restantes do dia caminha para cima e para baixo. À noite se retira para seu quarto e declama muito inspirado diversos poetas, à noite dorme muito tranquilamente mesmo nas noites mais frias. Seu apetite e sua saúde são muito bons.
Uma prova do quanto ama a música é que, quando os dois senhores que temos abaixo dele tocam, abre logo a janela e escuta. Seu caráter também é muito bom, só não quer que se lhe deem ordens».

Das memórias de Adolf Friedrich von Schack (*Erinnerungen und Aufzeichnungen*, Stuttgart e Leipzig 1888), que se refere a uma visita a Tübingen no outono de 1834: «Em direção a Tübingen, incitou-me o desejo de ver Friedrich Hölderlin. Sabia certamente que haveria de ver só uma ruína, pois o poeta estava, então, já desde quase trinta anos, caído em uma incurável loucura. Mas, mesmo diante dessa ruína, ter-me-ia estado em comovido recolhimento como diante de um templo grego [...] Dever-se-iam conhecer Heinrich von Kleist, Seume e Hölderlin. Pode espantar que eu coloque Seume ao lado desses dois outros nomes, certamente ele não está à altura deles quanto aos dons poéticos. Ainda antes de Kleist, Hölderlin foi colhido pela mesma sorte que, depois deles, não será provavelmente economizada a outros poetas de nosso país. Enquanto eu estava diante da janela do quarto no qual ele costumava morar, lembrei-me das terríveis e esmagadoras palavras que Hölderlin, em seu *Hipérion*, atirou contra os alemães [...] A desventura de Hölderlin pareceu, a meu espírito angustiado, ainda mais terrível que as de Kleist».

Fatura do alfaiate Pfisterer (19 de dezembro):

Feita uma roupa de dormir	1.12
linhas para os lados	8
bolsos e cinto	10
12 m. de algodão	2.48
9 m. flanela	5.6
Total	9.24

1835

Fatura da costureira Maier, datada de 25 de janeiro:
2 pares de meias tricotadas 24 k.
linha 46
suspensórios para as calças 30
total 1.40

De uma carta de Zimmer a um desconhecido (talvez Adolf von Shack), 22 de dezembro de 1835: «O infeliz Hölderlin era destinado à desventura desde o ventre materno. Quando sua mãe estava grávida dele, fez a promessa de que, se tivesse sido um menino, tê-lo-ia dedicado ao Senhor, como dizia, ou seja, fá-lo-ia tornar-se um teólogo. Quando chegou o momento de ir para o seminário, Hölderlin procurou resistir, queria ser médico, mas sua religiosíssima mãe obrigou-o e, assim, contra sua vontade, Hölderlin tornou-se teólogo. Quando terminou os estudos, o então chanceler Lebret quis recebê-lo como pároco em Wolfenhaussen e que ele esposasse, por isso, sua filha, mas Hölderlin recusou a oferta, primeiro porque não queria ter de agradecer a uma esposa pelo serviço e depois porque nunca havia tido inclinação para a teologia e não teria nunca podido familiarizar-se com ela, enquanto gostava muito da filosofia da natureza. Em seguida, Hölderlin foi para Frankfurt como tutor na casa de um rico comerciante de nome Gontard, onde se tornou muito íntimo da dona da casa, disso nasceu um dissídio, Hölderlin deixou a casa e retirou-se para Homburg e queria ser professor de filosofia em Jena mas não conseguiu. Voltou então melancolicamente para casa [...] Hölderlin era e ainda é um grande amigo da natureza e pode ver de seu quarto todo o vale de Neckar e o do Steinlach [...] agora está há trinta anos na minha casa. Não tenho com ele nenhuma dificuldade, mas no passado era sempre enfurecido, o sangue subia-lhe à cabeça e parecia vermelho como um tijolo e tudo o ofendia. Mas logo que o paroxismo passava era o primeiro a estender a mão para reconciliar-se. Hölderlin tem um coração nobre e um profundo sentimento, um corpo muito sadio, e durante todo o tempo que esteve comigo nunca adoeceu.

Sua figura é bela e bem constituída, nunca vi olhos tão belos em um rosto mortal.

Tem agora 65 anos, mas é tão esperto e vivo como se tivesse trinta. A poesia que segue ele a escreveu em doze minutos, eu lhe havia pedido para escrever qualquer coisa para mim, ele abriu a janela, olhou para fora e em doze minutos a poesia estava feita [...] Hölderlin entretém-se tocando piano e às vezes declamando e até desenhando. Não há dúvida de que Hölderlin dá-se conta do seu estado. Alguns anos atrás fez esses versos sobre si mesmo (segue a poesia *Nicht alle Tage*, cf. p. 124).

Desde a morte de sua mãe, Hölderlin tem um tutor na pessoa do senhor funcionário tutor Burk, em Nürtingen, um bom homem que me paga anualmente 250 florins pelo alojamento, pelo vinho, pela lavanderia e pela alimentação. A cidade paga anualmente ao tutor de Hölderlin 150 florins por toda a vida. Em consequência, Hölderlin custa-lhe 100 florins por ano. Creio que Hölderlin tenha recursos suficientes para não ter necessidade dessa contribuição. Fuma tabaco com prazer, mas isso não coloco na conta».

1836

Prestação de contas de Heinrich Breunlin, datada de 9 de janeiro.
Para meu irmão Hölderlin:
Duas medidas e meio de pano
de cânhamo para um travesseiro 1 f.
Transporte até Tübingen 6 k.
Total 1.6

De uma carta de Zimmer a Burk, de 24 de janeiro: «Muito honorável senhor tutor, segue aqui a prestação de contas quadrimestral para seu pupilo, o qual está muito bem e é até agradável em suas relações...».

De uma carta de Zimmer a Burk, em julho: «Seu pupilo está muito bem e mesmo nos dias frios não está pior e frequentemente tira um cochilo no sofá. Algo que habitualmente faz raras vezes, até em plena noite anda pela casa...
Nota: Hölderlin leu esta carta e balançou a cabeça».

Fatura do sapateiro Müller, datada de 3 de novembro.
Nota para o Sr. Hölterle:
28 de maio, conserto completo de um sapato 50
3 de novembro, um par de sapatos novos 1.36

De uma carta de Zimmer a Burk, datada de 5 de novembro: «Quanto a seu pupilo, tudo está como antes, está muito bem, recentemente recebeu a visita do senhor secretário Günther von Esslingen, tocou piano, o que faz com frequência por meio dia».

Figura 13. Brasão da família Hölderlin
(com um ramo de sabugueiro, em alemão *Holder*).

1837

De uma nota de Gustav Schlesier: «Ele (Hölderlin) assina Scartanelli, como então chamava a si mesmo. Havia colocado na cabeça que não se chamava mais Hölderlin, mas Scartanelli ou, também, Buarooti».

De uma carta de Zimmer a Burk, no mês de janeiro: «Esta noite eclodiu um incêndio perto de minha casa, houve em casa uma enorme confusão, mas Hölderlin permaneceu tranquilo em sua cama».

Anotação de Hölderlin para Karl Funzel, datada de 7 de abril de 1837: «Quando os homens perguntam-se em que consiste o bem, a resposta é que o homem deve render à virtude sua honra e praticar, na vida, aquilo pelo que os homens se empenham. A vida não é como a virtude, porque a virtude diz respeito ao homem, e a vida é mais distante do homem. O bem é constituído também em geral pela interioridade do homem. Ao gentil senhor recomenda-se o devotíssimo Buonarotti».

De uma carta de Zimmer a Burk, datada de 17 de abril: «Há catorze dias veio de Dresden um senhor por causa de Hölderlin, visitou-o, no início Hölderlin estava muito áspero com ele, mas logo ficou mais gentil quando ouviu que era um douto e conversou com ele serenamente. O estrangeiro deu-lhe uma folha e Hölderlin escreveu nela um verso, assinando com seu nome, o que lhe deu muito prazer».

De uma carta de Zimmer a Burk em julho de 1837: «O senhor seu pupilo está muito bem e há alguns dias fez uma poesia filosófica para uma senhora Zimmer que nos visitava».

Poesia de Hölderlin, datada de 16 de setembro de 1837:

Die Sage, die der Erde sich entfernen,
Vom Geiste, der gewesen ist und wiederkehret,
Sie kehren zu der Menschheit sich, und vieles lernen
Wir aus der Zeit, die eilends sich verzehret.

Die Bilder der Vergangenheit sind nicht verlassen
Von der Natur als wie die Tag' verblassen
im hohen Sommer, kehrt der Herbst zur Erde nieder,
Der Geist der Schauer findet sich am Himmel wieder.

In kurzer Zeit hat vieles sich geendet,
Der Landmann, der am Pfluge sich gezeiget,
Er siehet, wie das Jahr sich frohem Ende neiget,
In solchen Bildern ist des Menschen Tag vollendet.

Der Erde Rund mit Felses ausgezieret
Ist wie die Wolke nicht, die abends sich verlieret,
Es zeiget sich mit einem goldnen Tage,
Und die Vollkommenheit ist ohne Klage.

As lendas, que se distanciam da terra,
do espírito que foi e que retorna,
dirigem-se à humanidade e muito aprendemos
do tempo, que rápido se consome.

As imagens do passado não abandonam
a natureza, como quando os dias empalidecem
no auge do verão, o outono volta-se para a terra,
a mente de quem olha ainda se acha no céu.

Em breve tempo muito terminou,
o camponês que aparece no arado,
vê que o ano volta a final alegre,
nessas imagens o dia do homem se realiza.

O círculo da terra de rochas bordado
não é como a nuvem que à noite se perde,
revela-se com um dia de ouro
e a perfeição é sem lamento.

Pelo final do ano, o teólogo católico Albert Diefenbach faz uma visita a Hölderlin: «Um assunto de pouca monta levou-me à casa do marceneiro Zimmer no Neckar. À porta, veio ao encontro uma figura alta, curva e espiritual. Fui dominado pelo espanto. O olhar fixo e confuso dos olhos encovados, a alteração convulsa dos músculos do rosto, o tremor dos cachos grisalhos, todo seu comportamento manifestava a especial natureza de um louco. Com um incompreensível e poliglota jorro de títulos, entre os quais consegui entender apenas 'Vossa majestade, Alteza, Santidade, Graça, Senhor Padre, gentil senhor', e uma dezena de sinais de cortesia e profundas reverências, endereçou-me a Zimmer. Minha primeira pergunta foi quem era aquela inquietante pessoa. Fiquei estupefato com a resposta: Hölderlin! [...] Seu senhorio, um homem tão culto quanto amigável, teve a bondade de conduzir-me ao quarto do velho poeta, com o pretexto de mostrar-me a vista do belo vale do Neckar e do Steinlach. O poeta louco recebeu-me com as mesmas cerimônias de antes, atento como era em gesticulações e apaixonadas declamações. Ainda sinto o fascínio da figura alta, apenas um pouco curvada, do belo rosto do velho setentão, de seu belo perfil, da fronte alta e pensativa e, sobretudo, dos olhos. Nunca vi semelhantes a eles. Amigavelmente sorridentes e, ainda assim, confusos e selvagens; por certo apagados, mas ainda amáveis e animados. Sua expressão é ainda reforçada por uma prega dolorosa e oprimente que está suspensa sobre eles. As feições há tempos tão nobres mostram os inconfundíveis, devastadores traços da doença mental, especialmente sobre a boca e as faces. Uma convulsão involuntária percorre seu rosto, os ombros e as mãos. Hölderlin quer ser doce e amigável com o visitante e confunde-se: não se pode entendê-lo. Suas perguntas e suas respostas são igualmente rápidas e desordenadas, despede o visitante com os mesmos cumprimentos com que o havia recebido. Com poucas exceções, não reconhece mais os conhecidos de um tempo, às vezes nem mesmo seu meio-irmão.

O lugar que mais ama é a natureza aberta, que, para ele, limita-se a um pequeno jardim sobre o Neckar. Muitas vezes permanece ali, dia e noite — arranca fios de ervas e flores e joga-os no Neckar. Dirige o mais férvido amor às crianças, mas elas fogem do inquietante velhote. Então chora. No tempo em que conseguia ainda conter a loucura, havia salvado um menino de um lugar perigoso, arriscando a própria vida. Aos primeiros raios do sol deixa a cama e, por uma meia hora, vaga pelos corredores e pelo jardinzinho da casa. Suas únicas leituras são os livros dos poetas que encontrou em sua atual moradia (Us [sic], Zacarias, Cramer, Gleim, Cronegk, especialmente Klopstock) e, sobretudo, *Hipérion* (na velha edição). Não suporta os escritos dos novos poetas. Apesar do seu genial trabalho sobre Sófocles, quase não conhece o grego. Recita em voz alta, e por horas, e com grande entusiasmo, passagens de seu *Hipérion* ou de Klopstock. Todas as vezes que lhe cai em mãos uma folha de papel, enche-a de versos, seguindo principalmente a mais rigorosa métrica antiga. Formalmente corretos, mas confusos na ideação. Somente as descrições da natureza, sobretudo quando vê o que quer cantar, saem-lhe bem. É uma prova disso o autógrafo hölderliniano que anexo, escrito na manhã de minha visita (trata-se da poesia *Der Sommer*, que começa com *Das Erndtefeld erscheint, auf Höhen schimmert*) [...] Lembra com muito afeto sua amizade com Matthissom, com Schiller, com Zollikofer, Lavater *etc.*, e com todos que o amaram. De Goethe, não quer ouvir falar (*will er nicht kennen*) (Schiller e

Eichhorn haviam-no proposto para uma cátedra de filosofia em Jena, mas o posto foi para Niethammer, proposto por Goethe) [...] Sempre nota mesquinharias e fielmente as conserva na memória. Ama a música: assenta-se por horas ao piano de seu senhorio e toca, até se cansar, os mesmos pensamentos musicais, habitualmente lembranças simples e infantis da sua feliz juventude. No final, o infeliz cai em uma louca melancolia, fecha os olhos banhados de lágrimas e, levantando a cabeça, canta com grande páthos. Não se entende o que diz, mas esses sons lamentosos, expressão da mais profunda melancolia, impressionam fortemente o espírito de quem escuta. Hölderlin costumava ser um músico e um cantor excelente. Os estudantes que moram na mesma casa que ele [...] tratam-no com amor e convidam-no sempre para um café ou um copo de vinho».

Segundo o testemunho de C. T. Schwab, entre as músicas que Hölderlin toca e canta figura a ária *Mich fliehen alle Freuden*, da obra *L'amore contrastato o la bella molinara*, de Giovanni Paisiello, traduzida e executada em alemão com o título *Die schöne Müllerin*.

1838

Fatura da costureira Maier.
Para o senhor Hölderlin:
Conserto de quatro camisas	16
Conserto de um roupão	12
Reparo de duas meias	12
Compra de meia libra de linha	40
Tricotados seis pares de meia	36
Total	florins 2.36

De uma carta de Kurz a Mörike, datada de 16 de abril, respondendo ao envio do retrato de Hölderlin: «Hölderlin, que vi em Tübingen, não o teria reconhecido no desenho, mas Silcher, a quem mostrei hoje a folha, disse logo seu nome. A boca, isso posso dizer com certeza, é mais sutil e cerrada; talvez tenha mudado nesses dez anos. No entanto, a imagem, em seus poucos traços velozes, é muito significativa».

De uma carta de Zimmer a Burk, datada de 17 de abril: «O senhor seu pupilo está muito bem e nós também. No final das férias, recebeu muitas visitas, que devem ser-lhe de peso, porque fugiu e deixou-os de pé».

De uma carta de Mörike a Kurz, datada de 26 de junho; «Recebi nesses dias um maço de cartas hölderlinianas, na maioria ilegíveis, coisas extremamente débeis. Devo pelo menos te comunicar um curioso fragmento de conteúdo religioso». Mörike cita alguns desses versos, nos quais o catecismo para crianças é comparado a um «sonolento e ocioso colóquio». «O que diz dessa descrição? Os versos sobre o catecismo soam diabolicamente ingênuos, por mais comoventes que queiram ser. Segue uma ode a seu senhorio (tenho-o diante de mim, em uma cópia feita pelo próprio destinatário, que deve ter-se sentido verdadeiramente lisonjeado). Especialmente notável o último verso, que se refere à marcenaria e ao bosque».

Segue a poesia *A Zimmer*:

Von einem mensche sag'ich, wenn der ist gut (cf. p. 139).

De uma carta de Kurz a Mörike: «As Hölderlinianas edificaram-me altamente, justo porque, com um obscuro instinto que eu alimentava há tempos, descobri algo. Encontro, de fato, em Hölderlin, uma afinidade com nenhum outro, senão Hegel. Eles têm em comum *Impromptus*[6] característicos: a dedução do catecismo poderia ter sido feita, da cátedra, pelo filósofo, com seu tom intratável e sua fenomenologia apinhada de ideias semelhantes e (se ela é corretamente entendida) seu valor consiste propriamente nisso. O que longamente não ousei confessar-me era justamente que, por meio desses detalhes (aos quais pertence o trecho que me mandou), Hölderlin sempre exerceu sobre mim uma impressão tão vitoriosa [...] As ideias de Hegel trazem, em si, seu colorido nacional, mas também as profecias de Hölderlin não são outra coisa senão Suevismos aprofundados».

De uma carta de Zimmer a Burk, do mês de julho: «O senhor seu pupilo está muito bem e agora também tem novas janelas e venezianas em seu quarto, mas que, de início, evitou cuidadosamente. À noite, tem sempre o hábito de, se na cama lhe vem algo em mente, levantar-se, abrir a janela e comunicar seu

---

[6] Por *impromptu*, costuma-se fazer referência a uma forma musical caracterizada pela improvisação. [N. E.]

pensamento ao ar livre, mas agora, com as novas janelas, quando quer abri-las resulta-lhe menos cômodo e não tão rápido como ele estava habituado».

Gustav Kühne visita Hölderlin no outono: «Já na porta da casa onde morava, deu-me um medo como de espectros. Via em torno, via a janela da qual o pobre poeta contemplava o Neckar, o pequeno espaço na frente da casa no qual caminhava todo dia, desde que não lhe era consentido passear mais longe. Vê-lo em pessoa pareceu-me supérfluo, é triste observar, em um príncipe destronado, as ruínas de sua grandeza passada [...] Naquele ponto, meu amigo, o caro M. entrou na sala, dando a mão a um estranho. 'Este é o hospedeiro de nosso Hölderlin', disse-me. Havia exprimido, no dia anterior, o desejo de conhecer o bom marceneiro, que há trinta anos era o guardião, o tutor e o amigo do infeliz...».

Nesse ponto, Kühne transcreve longamente os discursos de Zimmer, assim como o marceneiro os pronuncia em dialeto suevo, mas sem acrescentar nada que já não fosse conhecido. Depois, descreve o encontro com o poeta: «'Ei-lo! — disse o marceneiro —. Vem. Mas não vai querer tocar música, está de mau humor. Diz que a fonte da sabedoria foi envenenada, que os frutos do conhecimento são como bolsas vazias, pura impostura. Você o vê? Estava sentado debaixo da ameixeira e recolhia as frutas secas. Há sempre muito sentido em seus discursos confusos' [...] Na soleira, diante de nós, estava o infeliz. O marceneiro apresentou-me como um luthier, que queria afinar a espineta. 'Não serve — disse Hölderlin —, não serve! O encordoamento deve ser consertado de outra forma. Está bem assim, está bem. Eu a conheço há tempos. Vossa dignidade me é conhecida há tempos. E, se ocorre que hoje tudo me vai mal, Júpiter dará conselhos e não terá cuidado nem mesmo por sua irmã. *Oui!*'. Calou-se bruscamente e ficou silencioso e tranquilo diante de nós. Em seu rosto, reinava o silêncio de um campo de batalha [...] Não pude suportar por muito tempo aquela visão. Enquanto nos despedíamos, o poeta inclinou-se profundamente e sussurrou suas frases cerimoniosas. '*Adieu*, caro Hölderlin!', disse M. 'Caro barão von M., tenho a honra de recomendar-me a vós!' foi a resposta».

Em 18 de novembro, Ernst Zimmer morre de repente, com 86 anos. Não se conhecem as reações de Hölderlin. Dele e da correspondência com Burk e com os parentes ocupar-se-á, de agora em diante, a filha Lotte Zimmer, que sempre teve relações especialmente amigáveis com o poeta. Hölderlin chamava-a de «a santíssima virgem Lotte».

1839

De uma carta de Lotte Zimmer a Burk, datada de 4 de fevereiro, junto com a conta do quadrimestre: «O senhor bibliotecário está agora muito inquieto, os temporais têm sobre ele um enorme efeito, muda todos os dias, geralmente é muito silencioso e tranquilo ou, em vez disso, tão inquieto que não nos espanta a frequência com que sempre muda de humor, à noite está de pé e anda e ficamos contentes que tenha a malha, que lhe é deveras útil e que não tira».

De uma carta dela mesma a Burk, datada de 20 de abril: «Hölderlin encontra-se agora muito bem, somente em alguns dias esteve inquieto, sempre pela mudança de tempo, que o influencia muito. Durante as férias, limpamos e enceramos de novo seu quarto e por isso tivemos de alojá-lo em um dos quartos dos estudantes, onde teve que ficar por dez dias até que tudo estivesse arrumado, ele gostou principalmente porque, naquele quarto, havia um piano que tocou por horas, todo dia vinha ver seu quarto e perguntava quando estaria pronto e quando pôde entrar estava contente e satisfeito que seu quarto se houvesse tornado tão belo e agradeceu muito».

Em 24 de abril (se a data no manuscrito não for falsa), Hölderlin compõe a poesia *der Fühling*, que começa com
Die Sonne glänzt, es blühen die Gefilde,
a qual ele assina, como quase todas as poesias a partir de 1837, com o nome Scardanelli (mais raramente, com o nome Buonarotti, provavelmente em referência ao revolucionário

Filippo Buonarotti, nascido em Pisa em 1761 e morto em Paris em setembro de 1837, um dos teóricos mais radicais da propriedade comum e do igualitarismo, mas também crítico do industrialismo).

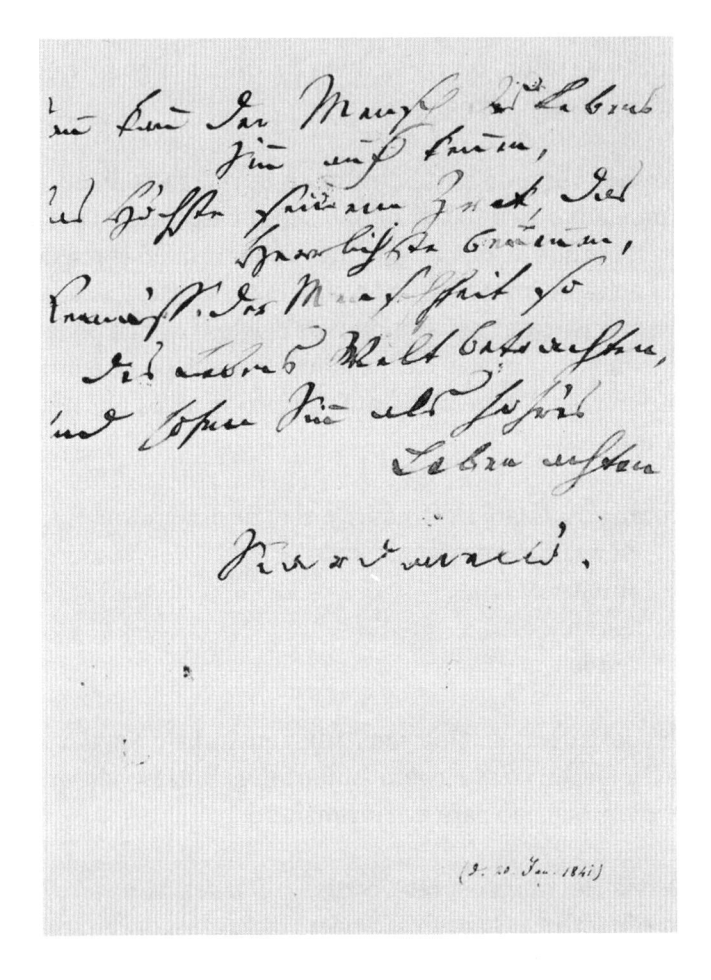

Figura 14. Assinatura Scardanelli em uma poesia (1841?).

Conta da costureira Louise Gfrörer, de 12 de julho.
Por ordem da senhora Zimmer, trabalhos de tricô:
    seis pares de meia   1 f.
    para a linha   1 f.
    conserto de uma meia   15 k.
    total   2.15

Em 29 de julho, morre Ludwig Neuffer, amigo íntimo dos anos de Tübingen e Jena.

De uma carta de Lotte Zimmer a Burk, em 15 de outubro: «Estamos em dificuldades com o senhor Hölderlin, por suas camisas, porque as novas, que lhe mandaram há cerca de um ano, estão tão surradas que não podem ser consertadas, e para três foi preciso fazer novas mangas e coletes [...] não pode imaginar como desgasta as camisas muito mais do que homens que fazem trabalho pesado, tem sempre as mãos nas mangas e toca assim».

Conta do alfaiate Hoffmann, em 19 de dezembro:
    por seis camisas, 36 k. cada   3.36
    linhas   12
    bainhas e   10
    botões   9

Em dezembro, Bettina von Arnim envia, pelo Natal, as poesias de Hölderlin ao seu jovem amigo Julius Döring: «deveria ser o livro mais querido para um jovenzinho».

Georg Herwegh escreve o ensaio *Um desaparecido*, dedicado a Hölderlin: «O autêntico poeta da juventude, em relação ao qual a Alemanha é muito culpada, porque na Alemanha se afundou. De nossa miserável condição, antes que a desonra houvesse atingido seu cume, salvou-se na sagrada noite da loucura, ele, que fora chamado para preceder-nos e cantar para nós um canto de guerra [...] 'Aquilo em que a juventude crê é eterno', disse uma vez Börne, e essa frase tem, em Hölderlin, sua verdade [...] Para os jovens que se interessam pela Antiguidade, ele vale muito mais do que o maior filólogo [...] Hölderlin sabia quão grande era o mundo e não podia aceitar o quanto havia-se tornado pequeno».

1840

Na folha de um livro de dedicatórias, talvez em janeiro, para um desconhecido:
Sobre a realidade da vida
Quando os homens dão-se conta de que os conhecimentos são o que interessa aos homens na vida, então se pode dizer que há uma finalidade na vida e que a utilidade da vida não é sem interesse.
As mais altas afirmações dos homens não são sem uma semelhante universalidade. O íntimo dos homens é feito de muitas vocações; esse gênero de afirmação não está, por isso, excluído.

A esse respeito, os homens são homens mais altos, na medida em que existem na sociedade humana.
25 de janeiro de 1729

Vosso, com submissão
Buarotti

O crítico literário Philarète Chasle publica o ensaio *Hölderlin, Le fou de la Révolution*. A loucura do poeta é atribuída a sua viagem a Paris: *D'un paisible rêveur, Paris fit un insensé [...] jeune, il avait rêvé la paix de la république platonicienne; adolescent, il avait maudit l'Europe esclave. Le voilà fou pour avoir vu Paris. Le monstre civilisateur l'a étouffé.*

Bettina von Arnim publica o romance epistolar *Die Günderode*, que inclui muitos testemunhos de Sinclair (que aparece com o nome de St. Clair) sobre Hölderlin. «St. Clair disse [...] que escutá-lo (Hölderlin) era justamente como escutar o fragor do vento, porque ele sibila sempre em hinos e as interrupções são como quando o vento vira e então agarra um sentido mais profundo e a ideia que esteja louco esvanece [...] uma vez Hölderlin disse que tudo é ritmo, todo o destino do homem é um só ritmo celeste, como toda obra de arte é um ritmo único e tudo oscila dos lábios poetantes de Deus; e, quando o espírito humano submete-se, então os destinos transfiguram e neles se manifesta o gênio, e o poetar é como uma luta pela verdade, ora em espírito plástico e atlético, onde a palavra agarra o corpo (a forma poética), ora também em espírito hespérico [...] Seus ditos são como oráculos para mim, que ele profere na loucura como o sacerdote de Deus e certamente toda vida mundana é loucura em relação a ele, porque não o compreende».

Conta do sapateiro Feucht, em 10 de novembro.
Para o senhor Helderle:

6 de agosto conserto de um sapato	12 k.
4 de novembro conserto de um sapato	8
total	20

1841

O filho de Gustav Schwab, Christoph Theodor, que, desde o outono de 1840, está inscrito no Stift de Tübingen, visita Hölderlin pela primeira vez em 14 de janeiro.

De seu diário: «Hoje finalmente consegui, depois de algumas inúteis tentativas, encontrar-me com Hölderlin. Não tive muita pena, porque eu brigava com a ideia de destruir a bela imagem que eu próprio formara, com minha imaginação, a partir das narrativas de sua juventude. Agora entendo que a diferença é tão grande que as duas imagens podem coexistir sem danificar-se. Entrei, ele estava sentado ao piano e tocava, mas de repente se levantou e fez alguns gentis cumprimentos, que eu retribuí. Embora a moça tivesse dito que ele sairia logo que me houvesse visto, para minha alegria não o fez, mas se sentou novamente e voltou a tocar. Tocava muito melodiosamente, mas sem notas. Não disse uma só palavra e, por uma meia hora, permaneci em pé ao lado do instrumento, sem falar-lhe. Podia captar perfeitamente sua fisionomia; no início, foi-me difícil reencontrar-me, porque eu não conseguia expulsar á bela imagem juvenil que eu construíra, depois me dominei e não fiz mais caso das rugas profundas de seu rosto. A testa é alta e perfeitamente vertical, o nariz muito normal, apenas um pouco pronunciado, mas com uma linha bem reta, a boca pequena e sutil e, como o queixo e a parte inferior do rosto, em geral muito terna. Às vezes, em especial quando havia executado bem uma passagem melódica, olhava-me: seus olhos, que são cinza, têm um profundo esplendor opaco, mas sem energia, e o branco parece-me tão ceroso que me espantei. Pela emoção, meus olhos encheram-se de lágrimas e eu não consegui segurar o choro; que eu estivesse tão emocionado — o que podia atribuir à música — pareceu agradá-lo, e ele me olhou algumas vezes com um candor infantil. Busquei, o quanto me foi possível, tanto que a razão dominasse em meu olhar como manter, em minha atitude, um decoro não forçado, o que talvez consegui ao fazê-lo meu amigo. No final, ousei pedir-lhe que me levasse a seu quarto, o que se mostrou pronto a fazer, abriu a porta dizendo: 'Vossa majestade, ande por aqui'. Entrei e elogiei a vista, com o que se mostrou de acordo. Examinou-me e disse em voz baixa algumas vezes para si: 'É um general', depois ainda: 'Está tão bem-vestido' (por acaso, eu usava um paletó de seda) [...] Perguntei-lhe se escrevera *Hipérion* quando ainda era estudante, e, após balbuciar algumas coisas sem sentido, anuiu. Perguntei-lhe se tivera relação com Hegel, ao que também anuiu, acrescentando algumas palavras incompreensíveis, entre as quais compreendi 'o Absoluto' [...] Perguntei-lhe também de Schiller, do qual pareceu não querer saber nada. A segunda edição de *Hipérion* estava em uma prateleira, mostrei-lhe as passagens que mais me encantavam, com as quais se mostrou de acordo, ainda mais porque minha admiração parecia agradar-lhe. Pedi para ele ler uma passagem, mas pronunciou só palavras insensatas, a palavra *Pallaksch* parece significar 'sim' para ele [...] Vasculhando seus livros, encontrei a *Doutrina do espírito*, de Kampe, as poesias de Klopstock, Zachariä *(sic)* e Hagedorn. Perguntei-lhe como estava, e ele me assegurou que estava bem; à minha observação de que, em um lugar semelhante, não se podia adoecer, respondeu: 'Entendo-o, entendo-o'».

Do diário de C. T. Schwab, em 21 de janeiro: «Em 16 de janeiro estive com Hölderlin. À noite e de manhã, estava de mau humor. Mas, às duas da tarde, quando o visitei com o tempo um pouco tranquilo, estava relativamente calmo. Olhou-me amigavelmente muitas vezes, mas sempre estava novamente de mau humor, disse-lhe rindo que era tão lunático e obstinado e que pensava frequentemente em voz alta, coisas que aceitou sem replicar.

Falei-lhe do rio que fluía tão magnificamente em torrentes sob ele e da bela tarde, respondeu: 'Então tu também me entendes'. Não falava com ninguém no tu, mas dizia para si mesmo simplesmente o que pensava. Enquanto eu lia seu *Hipérion*, disse para si: 'Não nos olhe assim tão dentro, é canibalesco'. Quando lhe pedi para sentar-se comigo no divã, disse: 'De jeito nenhum, é perigoso', e não fez nada. Quando abri o livro de suas poesias, pediu-me absolutamente que não o fizesse e, quando me ofereci para emprestar as poesias de Wieland, recusou de maneira absoluta. Levantando-se ou caminhando, disse-me algumas vezes, olhando-me: 'Tem um rosto absolutamente eslavo', depois ainda: 'O barão é belo' [...]
Voltei hoje à sua casa, para recolher algumas poesias que ele havia escrito. Eram duas, sem nenhuma assinatura. A filha de Zimmer disse-me para pedir que ele escrevesse abaixo delas o nome Hölderlin. Eu o fiz, mas ele se enfureceu, passou a correr pelo quarto e, tendo pegado uma cadeira, colocou-a impetuosamente ora em um lugar, ora em outro, gritando palavras incompreensíveis, entre as quais claramente 'Eu me chamo Scardanelli', enfim se sentou e escreveu furiosamente, abaixo das poesias, o nome Scardanelli».

As duas poesias assinadas Scardanelli levam, respectivamente, os títulos *Höheres Leben* e *Höhere Menscheit*:

Der Mensch erwählt sein Leben, sein Beschliessen,
Von Irrtum frei kennt Weisheit er, Gedanken,
Erinnrungen, die in der Welt versanken,
Und nichts kann ihm der innern Wert verdriessen

Die prächtige Natur verschönet seine Tage,
Der Geist in ihm gewährt ihm neues Trachten
In seinem Innern oft, und das, die Wahrheit achten,
Und höhern Sinn, und manche seltne Frage.

Dann kann der Mensch des Leben Sinn auch kennen,
Das Höchste seinem Zweck, das Herrlichste benennen,
Gemäss der Menschheit so des Lebens Welt betrachten,
Und hohen Sinn als höhres Leben achten.

A mais alta vida

O homem escolhe sua vida, suas decisões,
livre de erros conhece sabedoria, pensamentos,
lembranças que no mundo naufragaram,
e nada pode corromper seu íntimo valor.

A esplêndida natureza embeleza seus dias,
o espírito custodia nele intenções novas
no íntimo e isso, cuidar da verdade,
e um sentido mais alto e algumas raras perguntas.

Pode o homem até conhecer o sentido da vida,
chamar seu fim o mais alto, o magnífico,
olhar o mundo da vida à medida da humanidade
e estimar o alto sentido como uma vida mais alta.

Den Menschen ist der Sinn ins Innere gegeben,
Dass sie als anerkannt das Bessre wählen,
Es gilt als Ziel, es ist das wahre Leben,
Von dem sich geistiger des Lebens Jahre zählen.

A mais alta humanidade

Aos homens é dado, no íntimo, o juízo
que, reconhecendo-o, escolham o melhor,
vale como escopo, é a verdadeira vida,
disto mais espiritualmente contam os anos da vida.

De uma carta de Sophie Schwab a Kerner, em 24 de janeiro: «O nosso Christoph [...] estreitou amizade com Hölderlin, que parece realmente interessar-se por ele ou, pelo menos, Christoph conseguiu isso mais do que os outros. A pedido de Christoph, Hölderlin escreveu algumas poesias, meu caro leu-as e disse que o gênio de Hölderlin mostra-se ainda íntegro nelas. Não vejo a hora de também poder ler essas poesias [...] leste o novo livro de Bettina, *Die Günderode*? Também lá há muitas coisas sobre Hölderlin que despertam interesse [...] Quero também acrescentar o quanto é maravilhoso que, em Hölderlin, veja-se como, mesmo depois de quarenta anos de profunda loucura, o espírito está ainda presente e manifesta-se depois de tão longo tempo».

Do diário de C. T. Schwab, em 26 de janeiro: «Hoje estive novamente com Hölderlin [...] Ofereci-lhe um charuto, que aceitou, e assim caminhamos um pouco juntos, fumando. Estava bastante tranquilo e dizia coisas compreensíveis. Ao que eu lhe dizia, respondia geralmente 'Pode ter razão', 'O senhor tem razão', e uma vez também 'Esta é uma verdade segura'. Contei-lhe que havia acabado de receber uma carta de Atenas, e ele escutou com muita atenção o que eu lhe dizia; estava de acordo com minhas afirmações. Perguntei-lhe por Matthison, se o amava, e ele anuiu; quando criança, havia conhecido Matthison, e perguntei-lhe ainda sobre ele, mas me deu respostas enviesadas e, de repente, dei-me conta de que, na realidade, ele falava de mim, que hoje chamava de padre e disse uma vez: 'É realmente uma pessoa agradável' [...] Quando caiu seu lenço e eu o apanhei, espantado com a minha gentileza, gritou 'Oh!, gracioso senhor'».

De uma carta do editor Cotta a Karl Gock, em 27 de janeiro: «Temos a honra de comunicar-lhe que temos a intenção de imprimir, em nossa editora, uma série de poesias completas, no mesmo formato daquela de Schiller, que aqui anexamos [...] Permitimo-nos, para tanto, perguntar-lhe qual honorário exigirá pelas poesias de Hölderlin e, além disso, se gostaria de fornecer, a algum amigo do defunto (*sic*), os materiais ou as notícias familiares necessárias para a redação de uma breve notícia biográfica, que é nosso desejo antepor à nova edição das poesias de Hölderlin».

Ao responder a carta de 12 de fevereiro, Gock pede o mesmo honorário da primeira edição e sugere o nome de Gustav Schwab para a breve biografia, mas acrescenta: «É meu desejo e de outros parentes aproveitar a ocasião para desmentir, de cima a baixo, as falsas notícias difundidas há alguns anos na imprensa por Waiblinger e outros jovens rabiscadores (havia, antes, escrito *lausbuden*, malandros) sobre a precedente sorte de Hölderlin, coisa da qual nos conteve, até agora, somente o escrúpulo de sermos constrangidos a uma discussão pública, que gostaríamos de evitar por respeito ao infeliz Hölderlin. Por isso, estou absolutamente decidido a fornecer apenas as notícias que provenham das cartas de Hölderlin ou de outras fontes seguras».

Do diário de C. T. Schwab, em 25 de fevereiro: «Em 12 de fevereiro, estive poucos minutos à tarde com Hölderlin, para dar-lhe um exemplar de suas poesias, porque o seu, no qual estavam anexadas algumas folhas com novas poesias, fora-lhe roubado.
Quando lhe mostrei o outro, gostou muito da encadernação, mas não quis, em absoluto, ficar com ele, no entanto, insisti que não podia me devolver. Havia acabado de ir embora quando saiu de seu quarto e, coisa que não fazia geralmente à tarde, entrou no da mulher do marceneiro. À porta, veio-lhe ao encontro a filha e ele lhe deu o livro e pediu para devolvê-lo ao senhor barão, ela disse que o faria assim que ele tivesse voltado. Isso pareceu satisfazê-lo e respondeu: 'Acredito' [...]
Hoje voltei e fiquei sabendo que Hölderlin não quis aceitar o livro. Então fui até ele e pedi que escrevesse algumas linhas em uma das folhas em branco, o que ele prometeu fazer. Lembro que já me havia dado algumas poesias, e pareceu muito lisonjeado quando lhe disse que as poesias haviam-me

despertado o desejo de ter outras de seu punho [...] Mostrei-lhe o retrato de Waiblinger no primeiro volume de suas obras e, quando lhe perguntei se o conhecia, anuiu. Perguntei-lhe se Waiblinger, antes de morrer, vinha frequentemente vê-lo, ao que disse: 'Então não vive mais?' [...] A filha de Zimmer contou-me que a nova edição litográfica das obras de Schiller, em um volume que alguém lhe havia mostrado, havia-lhe causado uma grande alegria, e em especial havia gostado da cena de *Wallenstein* (também para mim a melhor) e havia dito: 'Aquele homem é incomparável'. Em geral, tem ainda muita inteligência e capacidade de julgamento para a arte. Logo que saí, levaram-lhe pena e tinta, e ele se sentou para escrever no livro».

Em 16 de fevereiro, é concluído o contrato entre «o senhor conselheiro Gock, em nome de seu irmão, o bibliotecário magister Hölderlin», e o editor Cotta, para a edição das poesias de Hölderlin «no formato de uma elegante edição de bolso».

De uma carta de Gock a Schwab, em 24 de abril, enviando-lhe os materiais para a biografia de Hölderlin: «Considerando que encontrará muitas coisas que contradizem a superficial biografia de Waiblinger e de outros e que será de algum interesse para o senhor poder conhecer mais de perto o nobre caráter de Hölderlin por uma correspondência confiável, decidi comunicar-lhe, como prova de meu trabalho, uma parte dela, que até agora conservei como um tesouro [...] (trata-se das cartas a ele endereçadas por Hölderlin) [...] Não tenho objeções a que se inclua, como n. 54, uma carta do caro amigo de Hölderlin, Sinclair, que fornece alguns esclarecimentos sobre sua relação com uma amiga morta, convencido de que queira tratar dessa terna relação, que certamente teve a influência mais triste sobre o infeliz, com toda a delicadeza que esse nobre objeto de veneração de Hölderlin, bem como a família ainda viva, merecem».

Em 13 de maio, Gock propõe à família Zimmer mandar-lhes uma parte do honorário da edição das poesias para um «lanche», do qual «o infeliz irmão [...] na sua idade avançada terá necessidade além da comida habitual», mas pede, para isso, um parecer do médico, que garanta que «um lanche diário entre o café da manhã e a refeição de meio-dia e aquela noturna, com um bom copo de vinho velho, seja suportável e adequado para Hölderlin em sua idade avançada».

Da carta de Lotte Zimmer à senhora Gock, em 24 de maio: «O senhor seu cunhado há duas semanas não está bem, tem um forte catarro, porque à noite sempre sai do quarto sem sapato, assim se resfriou e levantei de noite e fiz-lhe um chá, agora, contudo, está bem de novo, só à noite fica inquieto e eu tenho de dizer-lhe para ficar tranquilo e que ninguém pode dormir se não se acalma. O frio atual influi muito sobre isso.
Mando-lhe o atestado pedido que o professor Gmelin deu, não sei se é justo, Gmelin diz que não considera aconselhável o vinho puro, que poderia ser muito forte para ele [...] O senhor professor perguntou se não se deve subir o preço da alimentação, como também sugere em seu atestado, coisa que eu muitas vezes contradisse [...] deve convencer-se de que o senhor seu cunhado tem uma boa alimentação segundo suas necessidades e quando cozinho algo especial para minha mãe ele recebe o mesmo, por isso gostaríamos de deixar tudo como antes e só ao entardecer acrescentar algo [...] Todo dia de manhã ele recebe um copo com três partes de vinho e uma da nossa bebida caseira que é sempre muito boa e pura, porque a fazemos com o mosto sem água e ele bebe com muito prazer e isso é saudável e não lhe faz mal, de manhã lhe faço algo quente e pode comer também alguma coisa do forno e quando posso lhe dou às vezes pão com manteiga».

Em 18 de julho, Hölderlin escreve, segundo o testemunho de Schwab, esta poesia:

Des Geistes Werden ist den Menschen nicht verborgen,
Und wie das Leben ist, das Menschen sich gefunden,
Es ist des Lebens Tag, es ist des Lebens Morgen,
Wie Reichtum sind des Geistes hohe Stunden.

Wie die Natur sich dazu herrlich findet,
Ist, dass der Mensch nach solcher Freude schauet,
Wie er dem Tage sich, dem Leben sich vertrauet,
Wie er mit sich den Bund des Geistes bindet.

O devir do espírito não é oculto aos homens,
e como é a vida, que os homens se encontram,
é o dia da vida, é a manhã da vida,
como uma riqueza são as altas horas do espírito.

Como a natureza magnífica se encontra
é porque o homem busca essa alegria,
como ao dia se confia e à vida,
como consigo estreita o pacto do espírito.

Do diário de Marie Nathusius, em 25 de julho: «Philipp pediu ao jovem Schwab, que estuda aqui, se podia dar-nos a oportunidade de ver Hölderlin [...] Ele nos levou ao quarto de um amigo seu, que mora na mesma casa de Hölderlin, e onde este vai sempre tocar piano [...] Esperamos com ansiedade, quando o ouvimos descer as escadas, a porta abriu-se e entrou um velho — agora tem setenta anos — em roupa de dormir, os cabelos finos simplesmente penteados, a cabeça inclinada, mais por reserva que por fraqueza. Fez profundas reverências. Schwab disse que éramos seus admiradores e se podia ter a bondade de tocar algo. Com muitas reverências e palavras como 'Vossa majestade, vossa santidade', sentou-se ao piano e começou a tocar. Estávamos perto dele, profundamente comovidos com a triste visão: o jovem poeta inspirado era agora um velho inconsciente, a fronte, onde se moviam outrora profundas intuições espirituais, os olhos que arrebatados haviam contemplado toda a beleza, agora confusos e instáveis. Somente às vezes pareciam melancólicos e amáveis. Às vezes escreve ainda poesias, simples pensamentos profundos e maravilhosos, mas sem coesão (*onhe Zusammenhang*)».

Em 10 de agosto, o funcionário Zeller, que substituiu Burk, aposentado por idade, como tutor de Hölderlin, escreve a Gock ter «sentido o dever de verificar pessoalmente as condições do infeliz, que havia alimentado outrora tão grandes esperanças e a cujo triste estado ninguém pode desinteressar-se. Estou convencido de que os aposentos onde mora são, sob qualquer aspecto, convenientes, e ele é tratado de modo absolutamente adequado. Segundo o relatório da senhora Zimmer, a partir de 22 de maio decidiu-se dar ao doente, duas vezes ao dia, um suplemento de vinho ou de bebida quente, o que causa uma despesa de 8 k. Não apenas sinto o dever de confirmar essa decisão, uma vez que os recursos para seu sustento são mais do que suficientes, mas também de conceder ao doente, a quem não podemos oferecer nenhum prazer espiritual, tudo o que possa lhe agradar».

Johann Georg Fischer, que esteve em Tübingen como estudante de 1841 a 1843, visitou Hölderlin muitas vezes, e sobre ele escreverá e publicará uma série de testemunhos, em um dos quais se refere à sua primeira visita, presumivelmente no outono de 1841:

> Em minha primeira visita, que fiz em companhia do Prof. Auberlen, de Basel, logo que chegamos à porta ouvimos Hölderlin, que se entregava apaixonadamente a seu piano. Ao nosso bater, não sem o coração acelerado, soou um rouco, mas forte, «entrai». Aos nossos obséquios, Hölderlin respondeu com uma profunda reverência e acenando com as mãos, convidando-nos a nos assentarmos. Usava uma roupa de dormir de tecido adamascado e pantufas. Apresentar-nos era inútil, pois se havia dirigido a um de nós com «Santidade» e,

ao outro, com «Majestade». Nosso apostrofá-lo com «senhor doutor» foi logo corrigido para «bibliotecário» [...] Na angústia dos primeiros instantes do encontro com uma mente extraordinária, mas, em sua desventura, tão inapreensível, a conversa da nossa parte era compreensivelmente desajeitada e temerosa. Mas não posso esquecer o repentino iluminar-se de seu rosto quando uma pergunta ou um nome atingiam-no. Quando levei a conversa para suas primeiras relações com Schiller, que despertou a lembrança do jovem amigo, levantou os olhos azuis e gritou «Ah, meu Schiller, meu magnífico Schiller!», mas, quando a conversa deslocou-se para Goethe, sua expressão pareceu esfriar-se, quase irritada, e disse somente «Ah, senhor Goethe!».

Em 25 de dezembro, Hölderlin escreve e data a poesia *O inverno*:

Wenn sich das Laub auf Ebnen weit verloren,
So fällt das Weiss herunter auf die Tale,
Doch glänzend ist der Tag vom hohen Sonnenstrahle,
Es glänzt das Fest den Städten aus den Toren.

Es ist die Ruhe der Natur, des Feldes Schweigen
Ist wie des Menschen Geistigkeit, und höher zeigen
Die Unterschiede sich, dass sich zu hohem Bilde
Sich zeiget die Natur, statt mit des Frühlings Milde.

d. 25 Dezember 1841

Dero unterthänigster
Scardanelli

Quando na planície longínqua se perdem as folhas
assim cai o branco sobre o vale,
mesmo assim resplandece o dia de altos raios
resplandece a festa às portas da cidade.

É a paz da natureza, o silêncio dos campos
é como o espírito dos homens, e mais altas se mostram
as diversidades, que em uma alta imagem
mostra-se a natureza, em vez da amena primavera.

25 de dezembro de 1841
Vosso muito submisso
Scardanelli

Fatura do peleiro Seeger, em 1° de dezembro.
Para o senhor bibliotecário Hölderlin:
    para um gorro de dormir
    de pano verde   1 florin e 20 k.

1842

Em 22 de janeiro, a pedido do cuidador Zeller, o professor Gmelin atesta que Hölderlin ainda está em estado de doença mental:

> Atesto que o magister Hölderlin aqui residente se acha ainda sempre em um estado de doença mental (*in geisteskranken Zustande*).
>
> Tübingen, 22 de janeiro de 1842
> Professor Dr. F. G. Gmelin

No mês de janeiro, segundo uma anotação de C. T. Schwab no manuscrito, Hölderlin compõe a poesia *O inverno*:

> *Das Feld ist kahl, auf ferner Höhe glänzet*
> *Der blaue Himmel nur, und wie die Pfade gehen,*
> *Erscheinet die Natur, als Einerlei, das Wehen*
> *Ist frisch, und die Natur von Helle nur umkränzet.*
>
> *Der Erde Stund ist sichtbar von dem Himmel*
> *Den ganzen Tag, in heller Nacht umgeben,*
> *Wenn hoch erscheint von Sternen das Gewimmel,*
> *Und geistiger das weit gedehnte Leben.*

> O campo está despido, sobre longínquos cumes resplandece
> só o céu azul, e como as trilhas vão

aparece a natureza, sempre igual, a brisa
é fresca e a natureza coroada de luzes.

A hora da terra é visível do céu
por todo o dia, envolto em uma clara noite,
se alto aparece o fervilhar das estrelas
é mais espiritual a vida longinquamente estendida.

De uma carta de Moriz Carrère a Cotta, de 18 de janeiro: «Tomo a liberdade de indicar-lhe um poeta, cujas obras encontram-se em sua editora, cuja pequena comunidade eu prazerosamente gostaria que crescesse [...] trata-se de Hölderlin, o profeta de um futuro mais belo para o Estado e a Igreja, o maior poeta elegíaco vivo. Seu Sófocles deveria certamente ser unido ao *Hipérion* e às poesias, cujas últimas edições precisariam de um complemento [...] Uma grande poesia, comparável ao *Hino à noite*, de Novalis, havia sido publicada por Arnim em um jornal de Berlim. Ocorreria inserir uma introdução sobre o infeliz poeta, em especial sobre o significado do seu *Hipérion*...».

De uma carta de Lotte Zimmer ao tutor Zeller, em 19 de abril: «O senhor seu pupilo por alguns dias não se sentiu bem, mas está melhor, por isso fui ao professor Gmelin, que o visitou, mas não lhe prescreveu nada. Tinha um forte catarro e sangrava do nariz, mas o senhor professor disse que esse sangramento fazia-lhe muito bem, devemos prestar atenção à alimentação e às bebidas. Teve também febre e por isso lhe dei limonada em vez de vinho, o que lhe fez bem e lhe dei várias vezes ao dia, em geral deve ser persuadido de que recebe tudo quanto é necessário, eu não descuido de nada [...] eu não gostaria de ter algo do qual culpar-me ou um peso na consciência, se ele tivesse de ir embora desse mundo, para podermos dizer que tratamos o infeliz generosamente e nunca com egoísmo, como na vida acontece infelizmente tantas vezes entre os homens; é preciso também substituir a roupa de cama...»

Louise Keller, amiga de C. T. Schwab, visita Hölderlin e faz-lhe um retrato a lápis, para usar no frontispício da edição das poesias. Em 30 de junho, em uma noite na casa de Gustav Schwab, um testemunho fala sobre o desenho e sobre a conversa dos presentes a respeito de Hölderlin: «Essa amiga (Louise Keller) voltava há pouco de Tübingen, onde, graças a Christoph Schwab [...] havia sido introduzida na casa do doente: e lá conseguiu fazer seu desenho, a primeira e última imagem conservada. Passamos o desenho de mão em mão. Parece-me ainda ver Lenau, que o contempla demorada e fixamente [...] Na mesma noite em que vimos o desenho de Louise Keller, foram descritos também outros traços dos últimos dias de Hölderlin: como, para não ofendê-lo, devia ser chamado de bibliotecário, como dizia com frequência 'Vossa santidade' e como, também mais frequentemente, entre suas frases horrivelmente quebradas, aparecia o nome 'Thekla' e também palavras em francês [...] Nas últimas semanas, Uhland havia-lhe mandado um vaso e flores. Hölderlin acolheu-o com alegria e admiração, exclamando: 'Estas são flores esplendorasiáticas (*prachtasiatische*)».

13 de julho. De um testemunho do estudante de teologia Ferdinand Schimpfs: «O estudante Habermas, que morava na casa do marceneiro Zimmer, deu a mim e a meu amigo Keller a oportunidade de ver e falar com o poeta louco Hölderlin, a quem havia convidado para tomar um café em seu quarto conosco, pela tarde. Nessa ocasião, o infeliz poeta havia escrito para nós, *ex tempore*, pois que lhe havíamos pedido, estes versos. Se o chamávamos pelo nome, não o aceitava, mas respondia: 'O senhor fala com o senhor Rosetti'. Era incrivelmente cortês».

Der Herbst

Das Glänzen der Natur ist höheres Erscheinen,
Wo sich der Tag mit vielen Freuden endet,

Es ist das Jahr das sich mit Pracht vollendet,
Wo Früchte sich mit frohem Glanz vereinen.

Das Erdenrund ist so geschmückt, und selten lärmet
Der Schall durchs offne Feld, die Sonne wärmet
Den tag des Herbstes mild, die Felder stehen
Als eine Aussicht weit, die Lüfte wehen

Die Zweig und Äste durch mit frohem Rauschen,
Wenn schon mit Leere sich die Felder dann vertauschen,
Der ganze Sinn des hellen Bildes lebet
Als wie ein Bild, das goldne Pracht umschwebet.

O outono

O esplendor da natureza é um sublime aparecer,
onde o dia termina em muitas alegrias,
é o ano que suntuosamente se cumpre,
onde os frutos se unem em alegre esplendor.

O globo da terra é assim ornado, e raro soa
o eco através dos campos, o sol escalda
ameno o dia outonal, os campos estão
longe como uma vista, o ar expira

entre os ramos e os nós de madeira com um alegre farfalhar,
quando com o vazio se mudam os campos,
o sentido todo da clara imagem vive
como uma imagem, que um áureo fasto aureola.

De uma carta de Lotte Zimmer a Zeller, em 20 de julho: «Ele (Hölderlin) há alguns dias ficou com raiva, porque havia batido forte a janela, pelo que veio até mim com grande pena para que eu visse o dano, perguntei-lhe se ele o havia feito, respondeu-me que não podia dizer com certeza, podia ter sido o vento e fez-me sorrir que o negasse. Quando a janela foi consertada, disse-me: 'A senhora é tão gentil comigo'; é divertido como se atormenta quando quebra algo, altera-se muitíssimo por isso...».

No decorrer do verão, provavelmente em 28 de julho, o médico e filósofo Heinrich Czolbe, que «já durante seus anos como estudante era cheio de simpatia pelo poeta de *Hipérion*», visita Hölderlin. Como testemunha um biógrafo, «[o] colóquio com ele o emocionou profundamente e deixou uma duradoura impressão no ânimo do jovem. Enquanto vagava no belo vale do Neckar, propôs-se a trabalhar com todas as suas forças para que o ideal do poeta se realizasse, fosse alcançada uma forma mais harmônica de vida e uma serena religião natural expulsasse as vãs imagens de um triste fanatismo».

É provavelmente para ele que Hölderlin escreve a poesia *O homem*:

Wenn aus sich lebt der Mensch und wenn sein Rest sich zeiget,
So ists, als wenn ein Tag sich Tagen unterscheidet,
Dass ausgezeichnet sich der Mensch zum Reste neiget,
Von der Natur getrennt und unbeneidet.

Als wie allein ist er im andern weiten Leben,
Wo rings der Frühling grünt, der Sommer freundlich weilet,
Bis dass das Jahr im Herbst hinunter eilet,
Und immerdar die Wolken uns umschweben.

d. 28 Juli 1842

mit Unterthänigkeit
Scardanelli

Figura 15. L. Keller. Retrato de Hölderlin, desenho, 1842.

Se o homem de si vive e seu vestígio se mostra,
é como quando um dia diverge dos dias,
que magnífico o homem se incline ao vestígio,
dividido pela natureza e sem inveja.

Quando como sozinho está na outra vasta vida,
onde em volta verdeja a primavera e o verão transcorre
amigável, até que o ano precipita no outono
e sempre em volta nos envolvem as nuvens.

28 de julho de 1842

Com submissão
Scardanelli

De uma carta de Gustav Schwab a Cotta, em 30 de setembro: «Sinto-me feliz de expedir-lhe os últimos rascunhos corrigidos das poesias de Hölderlin e do perfil biográfico [...] Meu filho expressou-me o desejo de que, para Hölderlin, seja encadernado um exemplar no qual o perfil biográfico não figure».
A segunda edição das poesias é impressa em 24 de outubro.

Em 7 de novembro, Hölderlin escreve a poesia *O inverno*:
Wenn ungesehn und nun vorüber sind die Bilder
Der Jahreszeit, so kommt des Winters Dauer,
Das Feld is leer, die Ansicht scheinet milder,
Und Stürme wehn umher und Regenschauer.

Als wie ein Ruhetag, so ist des Jahres Ende,
Wie einer Frage Ton, dass dieser sich vollende,
Als dann erscheint des Frühlings neues Werden,
So glänzet die Natur mit ihrer Pracht auf Erden.

d. 24 April 1849

Mit Unterthänigkeit
Scardanelli

Quando não vistas e ora transcorridas são as imagens
da estação, vem o durar do inverno,
o campo está nu, a vista parece mais amena
e tempestades sopram em volta e temporais.

Como em um dia de paz, assim é o fim do ano
como o timbre de uma pergunta, que esta se cumpra,
quando aparece da primavera o novo advento,
assim resplandece a natureza com seu brilho sobre a terra.

24 de abril de 1849
Com submissão
Scardanelli

Em 27 de novembro, o tutor Zeller é substituído pelo Dr. Essig.

Segundo Karl Rosenkranz, o símbolo *ei kai pan*, que Hölderlin havia escrito no livro de dedicatórias de Hegel, «destaca-se ainda hoje em uma grande folha de papel na parede de seu quarto em Tübingen».

Fatura do alfaiate Feucht, em 2 de dezembro.
Para o senhor bibliotecário Helderle:

Feita uma calça com forro	54
botões	12
tecido de linho	55
conserto de uma roupa de dormir	10
total	2 florins e 17

1843

Provavelmente por volta de 24 de janeiro, Uhland e o germanista Adelbert Keller visitam, com Christoph Schwab, o poeta, que acham «alegre e sereno», mas cuja «figura incute um temor reverencial». Hölderlin escreve para eles «uma poesia sobre o inverno», com «belas imagens e pensamentos», mas «sem conexão (*ohne Zusammenhang*)». Trata-se, presumivelmente, de uma das poesias intituladas *Inverno*, datadas respetivamente de 24 de janeiro de 1676 e de 24 de janeiro de 1743.

Der Winter

Wenn sich das Jahr geändert, und der Schimmer
Der prächtigen Natur vorüber, blühet nimmer
Der Glanz des Jahreszeit, und schneller eilen
Die Tage dann vorbei, die langsam auch verweilen.

Der Geist des Lebens ist verschieden in den Zeiten
Der lebenden Natur, verschiedne Tage breiten
Das Glänzen aus, und immerneues Wesen
Erscheint den Menschen recht, vorzüglich und erlesen.

d. 24 Januar 1676

Mit Unterthänigkeit
Scardanelli

O inverno

Quando o tempo muda e transcorrido é o vislumbre
da faustosa natureza e não mais floresce
o esplendor da estação e rápidos passam
os dias, que também habitam lentos.

O espírito da vida é diverso nos tempos
da vivente natureza, dias diversos desdobram
o esplendor e sempre um novo ser
aparece aos homens, preferível e eleito.

24 de janeiro de 1676

           Com submissão
           Scardanelli

Der Winter

Wenn sich der Tag des Jahrs hinabgeneiget
Und rings das Feld mit den Gebirgen schweiget,
So glänzt das Blau des Himmels an den Tagen,
Die wie Gestirn in heitrer Höhe ragen.

Der Wechsel und die Pracht ist minder umgebreitet,
Dort, wo ein Strom hinab mit Eile gleitet,
Der Ruhe Geist ist aber in den Stunden
Der prächtigen Natur mit Tiefigkeit verbunden.

d. 24 Januar 1743

           Mit Unterthänigkeit
           Scardanelli

O inverno

Quando o dia do ano declinou
e em volta o campo com os montes silencia,
assim resplandece nos dias o azul do céu,
que como estrelas despontam no alto.

A mudança e o brilho são menos extensos,
Lá, onde um rio embaixo desliza veloz,
Mas o espírito da paz nas horas
É unido em profundo à maravilhosa natureza.

24 de janeiro de 1743

Com submissão
Scardanelli

Em 27 de janeiro (ou no início de dezembro de 1842, logo depois da edição das poesias), Johann Georg Ficher faz novamente uma visita a Hölderlin.

Uma visita seguinte, que nos causou uma significativa impressão, teve lugar logo após a edição em miniatura das poesias de Hölderlin, em companhia de Auberlen, Christoph Schwab, mais tarde curador das obras de Hölderlin para Cotta. Schwab, que era filho de Gustav Schwab e que, em seguida, tornou-se professor em Stuttgart, entregou a Hölderlin um exemplar dessa edição, que ele folheou rapidamente, agradecendo com acenos de cabeça, depois do que (olhando ainda uma vez o título) disse: «Sim, as poesias são autênticas (*echte*), são minhas (*sie sind von mir*), mas o nome foi falsificado; em toda a minha vida, eu nunca me chamei Hölderlin, mas Scardanelli ou Scaliger Rosa ou outro». E, quando Auberlen perguntou-lhe «Senhor bibliotecário, o senhor também trabalhou com Sófocles, não é verdade?», a resposta foi: «Procurei traduzir Édipo, mas o editor era um...». A palavra injuriosa foi repetida mais vezes. Então me virei para ele, dizendo: «Mas seu *Hipérion* teve sorte e sua venerada

Diotima foi uma nobre criação». Ao que respondeu, iluminando-se e contando com os dedos: «Ah! Minha Diotima: deu-me treze filhos. Um se tornou papa, outro, Sultão, o terceiro é imperador da Rússia». E subitamente acrescentou, em dialeto suábio: «E sabem o que aconteceu? Ficou louco, louco, louco, louco (*Ond wisset Se, wies no ganga ischt? Närret ischt se worde, närret, närret, närret*)». Repetiu essa última palavra com tanta violência e com tais gestos que não pudemos suportar mais tempo a pena e pusemos fim à sua crise despedindo-nos, ao que respondeu sempre com um «devotíssimo».

(Notar a passagem da língua ao dialeto, quase a sublinhar a consciente, talvez encenada loucura das palavras precedentes.)

De uma carta de Lotte Zimmer ao dr. Essig, em 30 de janeiro: «o recibo da roupa de dormir não pude anexar, porque o alfaiate não terminou ainda seu trabalho [...] o senhor seu pupilo está atualmente muito bem, dessa vez passa um boníssimo inverno...».

Em 16 de fevereiro, Mörike escreve a Wilhelm Hartlaub dizendo ter visitado a irmã de Hölderlin em Nürtingen, a viúva do prof. Breunlin, «uma senhora muito loquaz». «Mostrou-me diversos retratos de Hölderlin, entre os quais também um grande pastel, que lhe havia mandado por suas núpcias», e deu-lhe «um grande cesto cheio de manuscritos de Hölderlin. Para que pudesse examiná-los tranquilamente, a senhora aqueceu-me uma salinha no alto, onde se encontram os móveis mais velhos e os retratos de família. Sentei-me lá sozinho, de vez em quando vinha uma jovem com um trabalho de tricô. Uma distração necessária, pois, diante de um semelhante monte de escombros, era de perder-se a cabeça.
Encontrei notáveis rascunhos de suas poesias (na maior parte publicadas), com muitas correções; frequentemente variações ou transcrições da mesma poesia (Schwab, como pude notar por marcações suas, usou esses papéis para sua edição,

pelo que posso julgar, com finura). Traduções de Sófocles (em parte publicadas), Eurípedes e Píndaro; ensaios de dramaturgia; cartas de amigos não importantes (Siegfr. Schmid, Neuffer etc.), até algumas de próprio punho e, pelo que posso conjecturar, um vestígio da mulher que conhecemos como Diotima; folhas da primeira edição de *Hipérion*, recém-impressas. Especialmente comoventes eram pequenos papéis perdidos de sua estada em Homburg e Jena, que me transportaram bruscamente aos inícios de sua triste existência atual».

De uma carta de Arnold Runge a Karl Marx, de março: «'É uma dura palavra e, no entanto, tenho de dizê-la, porque é verdade: não posso imaginar nenhum outro povo que seja tão dilacerado como o alemão. Você vê artesãos, mas nenhum homem; pensadores, mas nenhum homem; senhores e servos, jovens e velhos, mas nenhum homem. Não é este um campo de batalha, onde mãos, braços e todos os membros jazem separados uns dos outros, enquanto o sangue da vida escorre na areia?'. Hölderlin, no *Hipérion*. Esse é o motor de meu estado de espírito, e infelizmente não é novo».

Segundo alguns, por volta de 20 de março, data de seu aniversário, Hölderlin compõe a poesia *Primavera*:

Der Frühling

Wenn aus der Tiefe kommt der Frühling in das Leben,
Es wundert sich der Mensch, und neue Worte streben
aus Geistigkeit, die Freude kehret wieder
Und festlich machen sich Gesang und Lieder.

Das Leben findet sich aus Harmonie der Zeiten,
Dass immerdar den Sinn Natur und Geist geleiten.
Und die Vollkommenheit ist Eines in dem Geiste,
So findet vieles sich, und aus Natur das Meiste.

d. 24 Mai 1758

                                Mit Unterthänigkeit
                                      Scardanelli

A primavera

Quando do profundo vem a primavera na vida
o homem se maravilha e novas palavras buscam
do espírito, volta a alegria
e à festa se fazem canto e canções.

A vida se encontra na harmonia das estações
e sempre natureza e espírito acompanham o sentido,
e a completude é uma no espírito,
assim muito se encontra e a maior parte da natureza.

24 de maio de 1758
                                        Com submissão
                                             Scardanelli

    Em abril, última visita de Fisher a Hölderlin: «Aconteceu com outros dois companheiros de teologia, Brandauer e Ostertag, em abril de 1843. Eu disse a Hölderlin que tinha vindo encontrá-lo para despedir-me, porque devia deixar Tübingen, o que ele acolheu negativamente. Se se lembrava de minhas visitas anteriores ou de meus amigos, não tínhamos certeza, porque nos recebeu todas as vezes com o habitual distanciamento e não parecia evocar os encontros anteriores com nenhuma expressão de seu rosto. Durante a última visita, perguntei-lhe: 'Senhor bibliotecário, considerar-me-ia feliz se quisesse dar-me de presente, por minha despedida, algumas estrofes'. Sua resposta foi: 'Como sua santidade comandar! Devo fazê-las sobre a Grécia, a primavera ou o espírito do tempo?'. Os amigos sussurraram: O espírito do tempo!, e assim lhe pedi.

Aquele homem habitualmente encurvado sentou-se reto à sua escrivaninha, pegou umas folhas e uma pena de ganso com todas suas plumas e se dispôs a escrever. Por toda a vida não esquecerei seu rosto naquele momento radiante, os olhos e a testa pareciam resplandecer, como se não tivessem nunca conhecido uma tão pesada confusão mental. Agora escrevia, escandia com a mão esquerda cada verso e, ao final de cada um, saía-lhe do peito um Hum! de satisfação. Depois de ter terminado, estendeu-me a folha com uma profunda reverência, dizendo: 'Tem a bondade, Sua Santidade?'. Um aperto de mão foi meu último agradecimento. Não deveria mais revê-lo. Em maio, deixei Tübingen e, em junho, ele foi sepultado. Os versos que me deu e que mais tarde um ávido colecionador de autógrafos subtraiu-me, soam:

Der Zeitgeist

Die Menschen finden sich in dieser Welt zum Leben,
Wie Jahre sind, wie Zeiten höher streben,
So wie de Wechsel ist, ist übrig vieles Wahre,
Dass Dauer kommt in die verschiednen Jahre;
Vollkommenheit vereint sich so in diesem Leben,
Dass diesem sich bequemt der Menschen edles Streben.

d. 24 Mai 1748

Mit Unterthänigkeit
Scardanelli»

O espírito do tempo

Os homens se acham neste mundo para viver,
como anos são, como idade tendem mais ao alto,
como é a mudança, assim resta muita verdade,
que a duração em diversos anos vem;
a completude assim se une nessa vida,
que a esta se adapta o nobre desejo dos homens.

24 de maio de 1748

                                                Com submissão
                                                      Scardanelli

Nos primeiros dias de junho, Hölderlin escreve aquela que se considera ser sua última poesia:

Die Aussicht

Wenn in die Ferne geht der Menschen wohnend Leben,
Wo in die Ferne sich erglänzt die Zeit der Reben
Ist auch dabei des Sommers leer Gefilde,
Der Wald erscheint mit seinem dunklen Bilde;

Dass die Natur ergänzt das Bild der Zeiten,
Dass die verweilt, sie schnell vorübergleiten,
Ist aus volkommenheit, des Himmels Höhe glänzet
Dem Menschen dann, wie Bäume Blüht' umkränzet.

d. 24 Mai 1748
                                        Mit Unterthänigkeit
                                               Scardanelli

A vista

Quando longe vai a vida habitante dos homens,
onde longe resplandece o tempo das videiras
e perto estão os vazios campos do verão,
a selva aparece com sua escura imagem;

que a natureza cumpra a imagem dos tempos,
que ela pare e aqueles logo transcorram,
é para a perfeição, a altura do céu resplandece
para o homem, como árvores coroadas de flores.

24 de maio de 1748

        Com submissão
        Scardanelli

Carta de Lotte Zimmer a Karl Gock, em 7 de junho:

Muito venerável Senhor Conselheiro,
Tenho a honra de comunicar-lhe o tristíssimo anúncio da partida do amado senhor seu irmão. Há alguns dias estava com catarro e notamos nele uma especial fraqueza, razão pela qual fui ao professor Gmelin que lhe deu um remédio, ao anoitecer ainda tocou e jantou no nosso quarto, à noite foi dormir, falei com ele e permaneci a seu lado, depois de alguns minutos tomou ainda o remédio, mas ficava sempre mais ansioso, um hóspede da casa estava também a seu lado e estava comigo também outro hóspede que havia acordado, e morreu tão levemente sem nenhuma agonia, minha mãe também estava perto dele e nenhum de nós havia pensado em morte. A consternação é ora tão grande que está além das lágrimas e, no entanto, devemos agradecer mil vezes ao Pai celestial porque não sofreu e poucos entre os homens morreram tão docemente como morreu o caro senhor seu irmão.

Em sua biografia de Hölderlin, C. T. Schwab assim descreve a morte: «De repente, ao anoitecer, sentiu-se muito mal, para aliviar-se foi até a janela aberta e olhou longamente lá fora no belo plenilúnio, e isso pareceu acalmá-lo, nesse meio-tempo a fadiga aumentava e foi para a cama. Ali, de repente, sentiu a morte aproximar-se...».

  Anotação no registro da igreja de *Stift*, de Tübingen:
    Friedrich Hölderlin, bibliotecário, poeta, há cerca de 40 anos *mente absens*.
    Pais: + Heinrich Fried. Hölderlin, administrador; + Johanne Christiane nasc. Heyn
    Data de nascimento e idade: 29 de março de 1770, 73 anos

Doença: paralisia pulmonar
Data de morte e sepultamento: 7 de junho, às 10h45 da noite, e 10 de junho, às 10 horas.

De uma carta do prof. Gmelin a Karl Gock, em 11 de junho: «Considerei muito importante para seus amigos abrir o cadáver e esperei ter seu parecer; mas, não tendo tido nenhuma notícia, a autópsia ocorreu na presença de meu filho e do dr. Rapp e deu resultados interessantes. O cérebro estava perfeito e bem construído, até perfeitamente são, mas uma cavidade nele, o *ventriculus septi pellucidi*, estava muito dilatado pela água e, com as paredes espessas e endurecidas, em especial tanto o *corpus callosum* quanto o *fornix* e as paredes laterais. Uma vez que não havia mais no cérebro nenhuma outra anomalia, esta, com a qual estava em todo caso conectada uma pressão sobre a parede mais preciosa do cérebro, deve ser considerada como a causa de sua quarentenária doença.
Encontramos os dois pulmões cheios de água, o que explica sua morte, que ocorreu, contrariamente ao que acontece nesses casos de hidropisia da pleura, de modo muito rápido e leve.
Gostaríamos de agradecer a Deus, que chamou a si esse tardio peregrino de maneira tão leve e indolor.
Nota. O funeral foi muito festivo e tomaram parte dele também muitos estudantes».

O sepultamento ocorreu em 10 de junho, às 10 horas da manhã, no cemitério de Tübingen. Os estudantes que moravam na casa de Zimmer levaram o caixão, seguido de uma centena de outros estudantes. «Aqueles que estiveram perto dele — escreve Schwab — choraram-no como a um irmão [...] uma grande coroa de louros ornava a cabeça do morto». O mesmo Christoph Schwab pronuncia a oração fúnebre. «Apenas o caixão baixou, o céu nublado clareou e o sol espalhou seus amigáveis raios sobre o túmulo aberto». Entre os presentes, não havia professores. Nem mesmo Uhland e Gustav Schwab puderam estar presentes, ausentes também o irmão e a irmã. Eles herdaram do poeta 12259 florins.

EPÍLOGO

O que é uma «vida habitante»? Certamente uma vida que se vive segundo hábitos e habitudes.[7] O verbo alemão *wohnen,* deriva da raiz indo-europeia **ven*, que significa «amar, desejar» e é ligada tanto às palavras alemãs *Wahn*, «esperança, ilusão», e *Wonne*, «alegria», como ao latim *venus*. Isso significa que, na língua alemã, a aquisição de um hábito (*Gewohnheit*) ou de uma habitude é associada ao prazer e à alegria — e, também, mesmo que os linguistas tendam a dividir os dois termos, à ilusão (*Wahn*) e à loucura (*Washnsinn*).

O verbo *Wohnen*, que aparece em Hölderlin em todos esses significados, refere-se, por excelência, em sua poesia, à vida do homem na terra. Certamente, as estrelas também habitam («*die Sterne wohnen ewig*» — *Die Friede*, V, v. 55), as águias («*In Finisternis wohnen/ die Adler*» — *Patmos*, vv. 5-6), a beleza («*die Schönheit wohnt lieber auf der erde*» — *Griechenland*, 3, Fass., v. 43) e o Deus («*[Der Gott] wonht über dem Lichte*» — *Heimkunft*, II, v.3) —, mas justamente isso parece aproximá-las da morada humana. A frase do poeta, que Waiblinger testemunha ter escrito no seu *Phaidon*, e que Heidegger comentou longamente, afirma sem reservas que

7 Preferiu-se essa tradução de *abiti e abitudini*, em vez de «usos e costumes», para marcar a diferença conceitual de ambos os termos na filosofia: *abito* é «um modo (de ser) que se tem», uma «disposição» para agir, para se comportar de certo modo; *abitudine* é algo «semelhante à natureza» (Aristóteles), porque transforma em disposição espontânea o que, em um primeiro momento, requeria um esforço consciente. [N. T.]

«o homem habita poeticamente sobre a terra» (*dichterisch wohnet der Mensch auf diser Erde*), e é verossímil que, nesse *dictum*, deva-se ouvir um eco da passagem da bíblia luterana (*João* 1:14) na qual se lê que «*das Wort ward Fleisch und wohnte unter uns*», «a palavra fez-se carne e habitou entre nós». É fazendo-se carne que Deus habita como homem entre os homens, que compartilha com eles o simples fato de habitar.

O verbo latino *habito*, do qual deriva o italiano «*abitare*», que traduz o alemão *Wohnen*, é um frequentativo de *habeo*, «ter». Os frequentativos exprimem uma ação repetida e intensificada. Eles se formam do tema em -*to*, do supino, isto é, de uma diátese do verbo em que, segundo as palavras de Benveniste, o significado é expresso em sua indiferença em relação aos tempos e modos, «por analogia ao comportamento de um homem despreocupadamente deitado» (o latino *supinus* traduz o grego *yptius*, que significa «deitado de costas») (Benveniste, 1932, pp. 136-37; cf. Benveniste, 1948, pp. 100-1). «Habitante» é uma vida que «tem», de modo repetido e intensivo, certo modo de ser, ou seja, que se vive segundo hábitos e habitudes. Mas que tipo de continuidade e conexão liga conjuntamente as ações repetidas e tornadas habituais? A vida habitante ou habitual seria, nesse sentido, uma vida que tem um modo especial de continuidade e de coesão a respeito de si mesmo e do todo («habitual — lia-se na resenha a Schmidt — é aquela vida que está em relações mais fracas e distantes com o todo»). É esse modo particular da continuidade de uma vida que se trata de atingir.

Qual modo de agir está em questão em uma habitude? O tardo gramático latino Carisio distingue três gêneros de verbos: o ativo, no qual o sujeito faz alguma coisa; o passivo, no qual o sujeito sofre alguma coisa; e um terceiro tipo, que chama de *habitivum*, no qual o agente e o paciente coincidem e no qual parece que «algo ou aconteça ou seja por si próprio (*per se quid fieri aut esse*)» (Barwick, 1925, pp. 211-12). Outro gramático, Focas, que colhe sua herança, exemplifica esse terceiro tipo, a que os

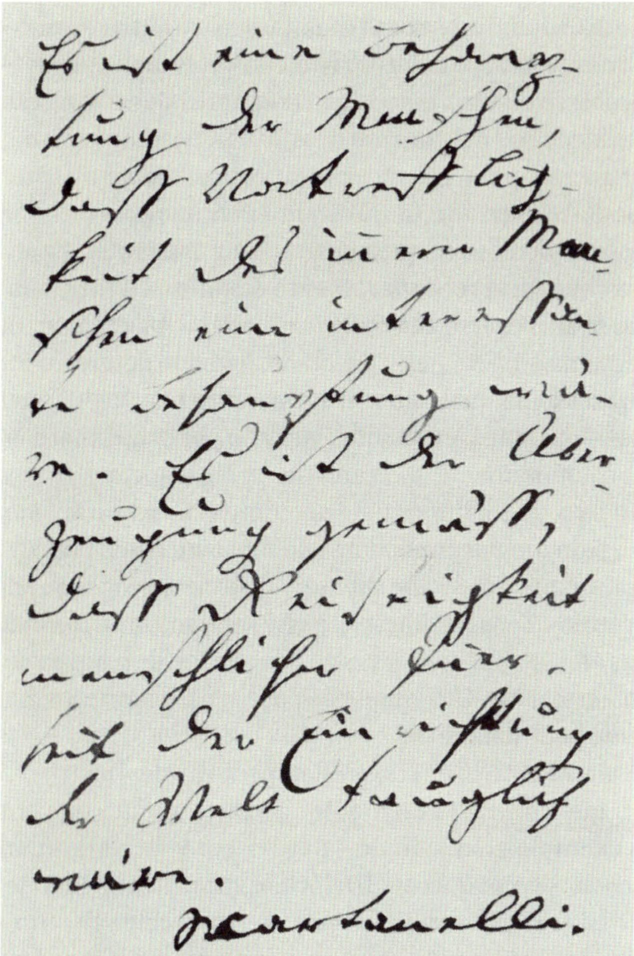
Es ist eine Behaup-
tung der Menschen,
daß Vortrefflich-
keit des innern Men-
schen eine interessante
Behauptung wä-
re. Es ist der Ueber-
zeugung gemäß,
daß Geistigkeit
menschlicher Inner-
heit der Einrichtung
der Welt tauglich
wären.
Scardanelli.

Figura 16. Texto assinado Scardanelli na cópia de
C. T. Schwab das *Poesias* de 1826.

gregos chamavam «médio», com os verbos *gaudeo* («gozar»), *soleo* («estar habituado») e *fio* («tornar-se»), e informa-nos que alguns chamam esses verbos de «supinos». Compreende-se, então, por que Carisio definiu-os como «habitativos», e outros, como «supinos»: como a *hexis*, o hábito aristotélico, eles indicam um estado, um processo ou uma disposição (*diathesis*) que não é resultado de uma decisão ou de um ato de vontade, nem simplesmente de sofrer uma ação externa. Ao contrário, aqui o sujeito é interno ao processo, é o lugar mesmo do evento indicado pelo verbo, agindo na mesma medida em que o sofre — supinamente, isto é, como «um homem despreocupadamente deitado». Os linguistas modernos falam por isso de uma *Affiziertheit* ou *Affectedness*, de uma condição na qual o sujeito é afetado de modo determinante por um processo no qual não é propriamente nem agente nem paciente — ou, antes, enquanto é afetado por si mesmo, é as duas coisas conjuntamente (os gramáticos gregos servem-se do termo *synemptosis*, que significa um «cair junto»). Gregório Magno havia usado, para um dos fundadores do monasticismo, Benedetto da Norcia, a expressão *secum habitare*, «habitar consigo» ou «habitar a si próprio». Toda habitação é, nesse sentido, um *secum habitare*, um ser afetado por si próprio no próprio ato de habitar, de certo modo, certo lugar. O homem não pode ser si próprio, nem ter-se: somente pode habitar-se.

É significativo, em nossa perspectiva, que Delbrück, o linguista que cunhou o termo *Affiziertheit*, mencione, entre os ricos exemplos, ao lado de «alegrar-se» e «envergonhar-se», *mainomai*,[8] «enlouquecer» (Delbrück, 1897, p. 422). Enlouquecer (como nascer, *gignomai*, *nascor*)[9] é, por excelência, um verbo «habitativo», e é esse terceiro tipo de agir que define a habitude e sua especial continuidade.

8   Do grego antigo. [N. E.]
9   *Gignomai* e *nascor* são, respectivamente, do grego antigo e do latim. [N. E.]

No final de *Nota ao Édipo*, no ponto em que está em questão a figura extrema da relação entre o divino e o humano, Hölderlin descreve a condição humana que daí resulta com estas palavras: «*In der äussersten Grenze des Leidens bestehet nämlich nichts mehr, als die Bedingungen der Zeit oder des Raums*», «no limite extremo da passividade não subsiste de fato nada, exceto a condição do tempo ou do espaço» (Hölderlin, 1954, p. 220). A referência à concepção kantiana do tempo e do espaço como condições da sensibilidade é evidente, mas a remissão a Kant é, aqui, mediada por uma passagem das *Cartas sobre a educação estética do homem*, na qual Schiller busca definir um estágio de «pura afectibilidade» (*blosse Bestimmbarkeit*) do espírito humano. «O estágio do espírito humano antes de qualquer afecção que lhe é dada pelas impressões dos sentidos é uma afectibilidade sem limites (*Bestimmbarkeit ohne Grenzen*). O infinito do espaço e do tempo é dado à sua imaginação pelo livre uso (*zu freien Gebrauch*) e, já que, segundo nossa pressuposição, nesse âmbito do possível, nada é posto, mas nem excluído também, pode-se então chamar esse estado de ausência de afecção (*Bestimmungslosigkeit*, «ausência de determinação») de um vazio infinito (*eine leere Unendlichkeit*), que não deve ser confundido com um infinito vazio» (Schiller, 1962a, p. 626). A passividade desse estágio é, segundo Schiller, de algum modo ativa («o espírito finito — ele escreve — é aquele que não age de outra forma senão através do sofrer» — *durch Leiden*, p. 627) e, na carta seguinte, ela é definida como «um sofrer com espontaneidade (*Leiden mit Selbsttätigkeit*)»: «Ele deve, então, para sofrer com espontaneidade e para transformar uma determinação passiva em ativa, estar momentaneamente livre de toda afecção e atravessar um estágio de pura afectibilidade (*einen Zustand der blossen Bestimmbarkeit*, p. 632)».

A vida habitante ou habitativa que Hölderlin busca pensar e viver desenvolvendo e forçando as considerações de Schiller é esse «limite extremo do sofrer», no qual «não subsiste mais nada, senão as condições do tempo e do espaço», uma pura capacidade de ser afetado semelhante àquela que, exatamente nos mesmos anos, Maine de Biran, em seu *Mémoire sur la décomposition de la pensée*, chama de *état purement affectif* e define como «uma relação única de passividade», que, aquém ou além de toda percepção consciente, «pode constituir, fora desta, um modo de existência, por assim dizer, impessoal» (p. 389), um estado de pura *affectibilité* que ele considera, no entanto, «como uma maneira de existir positiva e completa em seu gênero» (Biran, 1988, p. 370). A vida habitativa é uma afectibilidade que permanece assim mesmo quando recebe afecções, que ela não transforma em percepções conscientes, mas deixa transcorrer em uma coerência superior, sem imputá-las a um sujeito identificável. Por isso, em Hölderlin, o Eu não pode ter, como em Fichte e no primeiro Schelling, a forma de um sujeito absoluto que se põe a si mesmo, mas aquela — mais lábil e inapropriável — de um hábito e de uma habitude.

Nos testemunhos de amigos e visitantes, volta sempre a ideia de uma ausência de conexão, de uma *Zusammenhangslosigkeit*, no pensamento e nas falas do poeta. Ele prefere frases sensatas simples, mas desprovidas de qualquer conexão com as seguintes. «Hölderlin — escreve Waiblinger em sua biografia — havia-se tornado incapaz de concentrar-se em um pensamento, de esclarecê-lo, de elaborá-lo, de uni-lo a outros pensamentos análogos e de fundi-los em uma sucessão coerente, mesmo com o que era aparentemente mais distante». O mesmo vale para sua poesia, a partir de certo ponto: como tanto Jakobson como Adorno não cansaram de sublinhar, mas como já estava implícito no conceito de *harte Fügung*, «conexão áspera», em von Hellingrath, a produção hölderliana tardia é definida por uma extrema parataxe e por uma deliberada ausência de toda coordenação hipotática. Hamacher, por sua vez, notou a estrutura parentética na linguagem hölderliana tardia, na qual, além das pausas, as frases estão inseridas uma na outra (Hamacher, 2020, p. 41). Dir-se-ia que a ausência de conexão torna-se progressivamente um verdadeiro e próprio princípio de composição poética. Isso vale tanto para os hinos, nos quais apotegmas singulares e fulgurantes sucedem-se sem aparente relação, como para as poesias rimadas dos últimos anos, nas quais as imagens da natureza sucedem-se de modo contínuo, mas aparentemente incoerente.

Como mostra um fragmento de 1799, talvez destinado à projetada revista *Iduna*, Hölderlin, em realidade, já havia conscientemente elaborado o projeto de uma superação da conexão meramente lógica entre as palavras e as frases. Assim como se dão inversões de palavras no interior de um período, ele escreve, «mais ampla e de maior efeito será a inversão (*Inversion*) dos mesmos períodos. A disposição lógica (*logische Stellung*) dos períodos, onde, ao fundamento (*Grund*) (ao período fundamental), segue-se o devir (*Werden*), ao devir, o escopo (*Ziel*), e, ao escopo, o fim (*Zweck*), e onde as proposições secundárias (*Nebensätze*) são sempre e somente acopladas às principais, as quais, em primeiro lugar, referem-se — quase nunca pode ser utilizada pelo poeta» (Hölderlin, 1962, p. 234).

A terminologia declaradamente filosófica (*Grund*, *Werden*, *Zweck*) sugere que aquilo que é aqui enunciado como princípio poetológico tem também caráter lógico e ontológico, quase como se Hölderlin buscasse articular outro modo — não lógico — de conexão entre os pensamentos. Em todo caso, é certo que uma concepção puramente sintático-gramatical da parataxe é insuficiente para dar conta da complexidade do fenômeno, e que aquilo que para ele está em questão não é simplesmente uma ausência de conexão (*Zusammenhangslosigkeit*), e sim uma forma superior de coesão, que ele chama de «conexão mais infinita» (*unendlicher Zusammenhang*), ou também «infinita unidade» (*unendliche Einheit*).

Uma leitura do longo ensaio incompleto *Sobre o procedimento do espírito poético* mostra como Hölderlin volta obsessivamente a esse ponto. Ele se apresenta como o problema da relação entre a «harmônica unidade» (*harmonische Einigkeit*) e a «harmônica alternância» (*harmonische Wechsel*), isto é, entre a unidade e a identidade do espírito poético, de uma parte, e, de outra, a multiplicidade de oposições em que ele se articula. O espírito poético arrisca perder sua unidade e sua totalidade nessa cisão, transformando-se em um vazio infinito de momentos isolados: «Se este alcançou o ponto em que, a seu operar, não faltam nem união harmônica, nem significado e energia, nem o espírito harmônico em geral e nem mesmo a harmônica alternância, é necessário, para que o unitário (*das Einige*) não se extingua (na medida em que pode ser considerado em si mesmo) enquanto indiferenciável (*Ununterscheidbares*), transformando-se em um *vazio* infinito (*leeren Unendlichkeit*), ou não perca sua identidade em uma alternância de opostos — por mais harmônicos que eles sejam — e não seja, pois, um inteiro e unitário (*Ganzes und Einiges*), desagregando-se em uma infinidade de momentos isolados (quase em uma série de átomos), é necessário, eu digo, que o espírito poético, em sua unidade e em seu harmônico progresso, também dê, a si próprio, um ponto de vista infinito, que ele se dê, em seu exercício, uma unidade na qual, em harmônico progresso e alternância, vá para a frente e para trás, e que, por meio de sua *relação contínua característica*, essa unidade alcance uma conexão e uma identidade (*Zusammenhang und Identität*) na alternância dos opostos, não meramente objetiva para quem a observa, mas sentida e sensível, e sua tarefa última é ter, na harmônica alternância, um fio, uma memória, a fim de que o espírito permaneça presente para si mesmo não em um momento singular e depois em outro, mas duravelmente em um e em outro momento e nas diversas tonalidades emotivas (*Stimmungen*), assim como está totalmente presente para si mesmo na *infinita unidade* (*unendlichen Einheit*), a qual é tanto ponto de separação do unitário enquanto unitário como ponto de unificação do unitário enquanto oposto e, enfim, as duas coisas juntas (*beiden zugleich*), de modo que, nela, o harmonicamente oposto não seja percebido nem como oposto enquanto unitário, nem como conjunto enquanto oposto, mas como ambas as coisas em *Um*, e sentido como unitariamente e inseparavelmente oposto, e, enquanto sentido, seja ideado» (Hölderlin, 1962, p. 261-2).

Nesse longo período escrito à mão quase sem tomar fôlego, trata-se de nada menos, para Hölderlin, do que de conseguir pensar uma coincidência entre dois opostos (entre a humanidade e a multiplicidade das oposições em que parece cindir-se o espírito poético) a qual não se resolve dialeticamente em uma síntese, segundo o modelo hegeliano, mas na qual, ao contrário, os dois momentos, como a dialética em estado de paralisação (*Stillstand*), de Benjamin, coincidem, permanecendo inseparáveis: «A individualidade poética — conclui Hölderlin — não é, portanto, nunca uma simples oposição do unitário e nunca uma simples relação e união do oposto e alternante: nela, oposto e unido estão inseparáveis (*unzertrennlich*)» (p. 262). E que para ele se trate, antes de tudo, como no fragmento *Urteil und Sein*, de neutralizar o modelo da conciliação fichtiana dos opostos por meio da reflexão é dito com clareza poucas linhas depois: «se, nela (na infinita unidade), união e oposição estão inseparavelmente conectadas e são uma só coisa, então ela não pode aparecer, à reflexão, nem como uma unidade oponível (*entgegensetzbares Einiges*) nem como um oposto unificável (*vereinbares Entgegengesetzes*), e, então, não pode aparecer de fato, ou então só no caráter de um nada positivo, de uma infinita paralisação (*unendlichen Stillstands*)» (p. 263).

Que está em questão, aqui, outra figura da continuidade e da conexão é evidente nas expressões das quais se serve Hölderlin tanto no ensaio (*Zusammenhang und Identität, unendlich einiger und lebendiger Einheit*) como em outros textos, como o fragmento *Sobre a religião*, no qual está em questão uma *höherer und unendlicherer Zusammenhang* («coesão mais alta e infinita») e o fragmento de Píndaro, *Das Unendliche*, no qual se lê que, «em uma relação contínua» (*durchgängiger Beziehung*), dois conceitos «*unendlich ... zusammehängen*», «conectam-se infinitamente» (Hölderlin, 1954, p. 311). É significativo que Hölderlin sirva-se mais vezes da qualificação «mais infinita», como se a contrapor paradoxalmente duas formas de infinitude, uma «viva» e uma «vazia» (*leere Unendlichkeit*) e «mortífera» (*tote und tötende Einheit*). Definindo o infinito vazio como sendo constituído por infinitos elementos isolados, semelhantes a «uma série de átomos», e opondo-lhe outra infinidade «total e unitária», Hölderlin parece antecipar o teorema de Cantor, que, distinguindo um contínuo numerável (ou denso) — no qual, entre dois elementos quaisquer, existe sempre um outro — de um verdadeiro contínuo mais do que infinito ou transfinito, afirma que «a potência do contínuo é superior à do numerável». No contínuo hölderliniano, como no de Cantor, os elementos aparecem tão infinitamente conectados que, entre eles, não é possível inserir outro semelhante: separação e unidade, oposição e identidade coincidem perfeitamente, isto é, caem juntas.

É essa continuidade não numerável que define tanto a vida habitante de Hölderlin como a exasperada parataxe da sua poesia tardia. Entre os momentos da vida, como entre os pensamentos desligados e os versos do poeta, não há coordenação, porque eles são «mais infinitamente conectados», não segundo uma «disposição lógica», mas justapostos e coesos em uma condição de paralisação. O «mas» (*aber*) que, nas poesias, assinala frequentemente essa paralisação não é adversativo, não indica uma oposição, que seria ainda uma forma de coordenação: marca somente a parada dos versos e dos pensamentos, que se sucedem sem que seja possível inserir, entre eles, alguma coordenada lógica. Como von Hellingrath havia notado, falando de uma «conexão áspera», decisivo não é aqui o ordenado discurso semântico das proposições, mas a frase, ou, no limite, a palavra em seu assemântico isolamento. E é à luz dessa dialética interrompida, ou em estado de paralisação, que é lida a teoria da cesura que Hölderlin desenvolve em *Nota ao Édipo*. Na sequência rítmica das representações que definem o movimento da palavra trágica, «torna-se necessário — escreve Hölderlin — *isso que, na métrica, chama-se cesura*, a pura palavra, a interrupção antirrítmica, para ir, contra seu ponto extremo, à alternância urgente de versos e de imagens, de modo que apareça não mais a alternância das representações, mas a própria representação» (Hölderlin, 1954, p. 214). A intenção paratática culmina na cesura — e o que aparece nessa interrupção antirrítmica não é o fluxo semântico do discurso representativo, mas a própria linguagem. Por isso, Hölderlin, com uma forçação que deve ser compreendida, define a cesura — a interrupção do discurso — como a «pura palavra» (*das reine Wort*), ou seja, o lugar excêntrico no qual o que aparece é não um discurso intralinguístico, mas a linguagem como tal.

Justamente porque as poesias tardias são blocos de linguagem em posição de paralisação, eles se dão não em uma, mas em diversas versões. Estas — como os filólogos entenderam renunciando a apresentar um texto crítico único e reproduzindo, porém, diplomaticamente, todas as versões dos manuscritos — não são vários ensaios de aproximação a uma forma e a um sentido último, acidentalmente faltante — são, antes, as di-versões de si mesmas, de uma poesia que pode existir só nesse movimento potencialmente infinito, divergindo de si e, ao mesmo tempo, voltando-se para si. Se o «verso» da poesia é, etimologicamente, linguagem que «se volta», que torna a si distanciando-se de si, o Hölderlin tardio empurra ao extremo a natureza «versiva» da linguagem poética. Isso é verdade para os hinos, que devem ser lidos na pluralidade virtualmente contemporânea das versões, mas o é também para as poesias da torre, que são frequentemente variantes — por isso, pelo menos em aparência, repetitivas — em que existe um único tema, que o poeta propõe ironicamente a seus visitantes: «devo fazê-las sobre a Grécia, a primavera ou o espírito do tempo?». Também nessas poesias, como na vida do poeta, está em questão a tentativa de agarrar um hábito e uma habitude; elas são, por assim dizer, «poesias habitantes». E é esse o sentido da singular advertência de *Nota ao Édipo*, segundo a qual «à poesia moderna faltam, em especial, a escola e o método, isto é, que seu procedimento possa ser calculado e ensinado e, uma vez aprendido, repetido com precisão na prática» (Hölderlin, 1954, p. 213).

É nesse contexto problemático que se deve entender a pluralidade de nomes que, a partir de certo momento, Hölderlin atribui-se: Scardanelli (Skartanelli), Killalusimeno, Scaliger Rosa, Salvatore Rosa, Buarroti (Buonarroti), Rosetti. Para o nome Scardanelli, com o qual, a partir de 1837 ou 1838, assina suas poesias, foram propostas explicações, nenhuma das quais resulta plenamente convincente. É certo que ele é evocado por Hölderlin em relação a suas poesias: como lembra C. T. Schwab, ao seu pedido de escrever o nome Hölderlin sob as poesias que lhe havia dado, o poeta se irrita e grita: «Eu me chamo Scardanelli» (ou Skardanelli); e, a J. G. Fischer, que lhe mostra a segunda edição das suas poesias, replica: «Sim, as poesias são autênticas, mas o nome foi falsificado; eu nunca me chamei Hölderlin, mas Scardanelli ou Scarivari ou Salvator Rosa e assim por diante» (em um testemunho seguinte, Fischer corrige: «Nunca me chamei Hölderlin em toda a minha vida, mas Scardanelli ou Scaliger Rosa ou assim por diante»). Mas, já em 1837, Gustav Schlesier informa ter achado, na casa dos familiares de Hölderlin, poesias assinadas Scardanelli: «colocou na cabeça que não se chama mais Hölderlin, mas Skartanelli ou mesmo Buarooti».

Jakobson notou que o nome Scardanelli é um diminutivo, e nisso corresponde ao nome Hölderlin, diminutivo de Holder (sabugueiro), e que ambos os nomes contêm, em ordem diversa, as mesmas letras: *-lderlin* / *-rdanelli*. Sattler viu aí um anagrama do termo grego *katharsis*, esquecendo que, como Starobinski mostrou para os anagramas que Saussure lia nos versos Saturninos, qualquer nome pode ser lido anagramaticamente, sobretudo se o anagrama não é perfeito. Ainda mais arbitrário é o anagrama que M. Knaupp lê em Scaliger Rosa: «*Sacrileg'ossa*», do qual o anagramatista extrai, de modo igualmente arbitrário, uma confissão de culpa por parte do poeta pela morte de Susette Gontard (Knaupp, 1986-87, p. 266). Mais verossímil é a aproximação que o mesmo Knaupp sugere entre Scardanelli e o verbo grego *skardamysso*, piscar, que se lê no *Ciclope*, de Eurípedes (um exemplar das obras de Eurípedes figurava entre os livros do poeta). A semelhança entre o Scardanelli e o nome de Girolamo Cardano foi mais vezes notada; quanto ao nome Scaliger, ele pode referir-se a Giulio Cesare Scaligero, humanista e filólogo, cujo nome era certamente familiar a Hölderlin, tanto mais porque Scaligero escreveu uma célebre e feroz crítica ao livro de Cardano, *De subtilitate* (*Exotericarum exercitationum liber xv De Subtilitate ad Hyeronymun Cradanum* — Frankfurt, 1607; a lenda diz que Cardano havia morrido de desgosto lendo o livro). Mas nenhuma das aproximações possíveis implica algo a mais que uma casualidade, como casual de todo é que, em 1831, estivesse hospedado na casa de Zimmer um estudante de nome Frassinelli.

Decisivo é que os nomes apócrifos estão em questão todas as vezes que se trata, para Hölderlin, de atestar sua posição de autor. Significativo é, nesse sentido, a afirmação «As poesias são autênticas, são minhas, mas o nome (no testemunho seguinte, o «título») foi falsificado», à qual seguem não um, mas três nomes diferentes. Fragmentada e alterada não é aqui a identidade do autor — como se houvesse dito, coisa comum nos discursos dos esquizofrênicos, «não as escrevi eu, mas um outro». Com razão, Luigi Reitani observou que não se trata, para o poeta, de assumir consciente ou inconscientemente uma nova identidade (Reitani, p. 81); em questão está só o seu nome, que se apresenta, porém, em várias versões, todas curiosamente relativas a uma onomástica estrangeira, italiana. Vêm à mente as palavras com as quais Aristóteles, na *Poética*, opõe a onomástica cômica à trágica, escrevendo que «[os] poetas cômicos, uma vez construído o relato, introduzem-lhe nomes ao acaso [...] na tragédia, ao contrário, são repetidos os nomes históricos» (1451b, 19-20). Enquanto, na tragédia, o nome, que exprime o nexo do destino entre um homem e suas ações, é único e imutável, na comédia os nomes, que não identificam um destino ou uma culpa, são casuais, são sempre e somente apelidos, nunca nomes verdadeiros. E como as poesias existem em uma pluralidade de versões, sem que isso coloque em questão a sua «mais infinita coesão», nem sua unidade, plural — e, no entanto, infinitamente coesa — é também o nome do autor.

Anacoluto significa, literalmente, «privado de seguimento, desconexo». Nesse sentido, toda a sua obra dos anos de loucura é um anacoluto. Mas a essa desconexão sintático-gramatical Hölderlin acrescentou outra, por assim dizer, teatral. Na comédia ática, chama-se *parekbasis* (lit. «saída para o lado») o momento em que, depois de os atores terem saído de cena, os coreutas deslocavam-se para o proscênio, na zona do *logeion* (o «lugar da palavra»), e, tirando a máscara, falavam diretamente aos espectadores. Dessa figura especial havia-se ocupado Friedrich Schlegel, que via nela não apenas o caráter mais próprio da comédia antiga, mas também a chave da comédia romântica: «Em sua forma — ele escreve — a comédia antiga é inteiramente semelhante à tragédia. Como esta, tem uma parte corêutica e uma dramático-dialógica, e também monodias. A única diferença está na *parekbasis*, um discurso que, no meio da ação, é dirigido ao povo pelo coro, em nome do poeta. Era uma completa interrupção e abolição (*eine gänzliche Unterbrechung und Aufhebung*) do drama, em que, como nele, reinava a maior licenciosidade, e o coro, que saía até a beirada do proscênio, dizia ao povo as coisas mais cruas. Desse sair fora deriva o termo» (Schlegel, 1967, p. 88).

Segundo Schlegel, pela *parekbasis*, o poeta sai da dialética da tese e da antítese, que, no final, deve ser recomposta em uma síntese reflexiva, e mostra ironicamente os dois momentos em sua inconciliável separação. A obra que desse modo produz não é uma forma, mas a «suprema antiforma ou uma poesia de natureza» (*die höchste Antiform oder Naturpoesie*, cf. Hamacher,

2020, p. 223). Pode-se dizer que Hölderlin faz continuamente uso de uma forma extrema de *parekbasis* teatral. Como autor, ele não busca compor, em unidade, a figura do poeta, mas antes a exibe em sua constitutiva e cômica cisão. Diante dos espectadores que o visitam, ele sai e entra incessantemente no papel do poeta a tal ponto que é impossível decidir, todas as vezes, se ele está dentro ou fora dele. A ironia romântica é, aqui, empurrada ao extremo e, ao mesmo tempo, deposta, de modo que não é possível saber quem está perguntando: «devo escrever sobre a Grécia, sobre a primavera ou sobre o espírito do tempo?».

O gesto versivo da poesia é também o da inversão do estranho em natal (ou nacional) (*waterländischer Umkehr*), que define a intenção mais profunda do pensamento extremo de Hölderlin, desde a carta de Böhlendorf até a *Nota a Antígona*. Uma vez que o original pode aparecer somente em sua fraqueza, ele pode ser alcançado apenas em uma viagem de retorno que deve, antes, ter atravessado o estranho. Para a origem, pode-se apenas voltar, volta-se a ela sem nunca nela ter estado. O uso livre do próprio é mais difícil, porque o próprio não é algo que possa ser possuído de uma vez por todas como um dado, mas pode ser experimentado somente como fraqueza e privação. Ele necessariamente tem a forma de um hábito ou habitude, no sentido no qual Aristóteles, em uma passagem de *Metafísica* que podia ser familiar ao poeta, define o hábito — a *hexis*, de *echein*,[10] «ter»: literalmente «a habiência» [*l'abbienza*], como de «ser» [*essere*] formou-se a palavra «essência» [*essenza*] —, antes de tudo, em relação à privação, como algo que não se pode, em nenhum caso, ter («Não é possível ter um hábito (*echein hexin*), uma vez que se iria ao infinito, se se pudesse ter o hábito da coisa tida», 1022b, 25). A posse da origem é possível somente na forma «habitativa» e desapossada de uma habitação e de uma habitude: ela não se pode ter, a ela pode-se apenas habituar-se.

10   Tanto *hexis* como *echein* são palavras do grego antigo. [N. E.]

O ter um ter é, em última análise, somente um modo de ser, uma forma de vida.

Em um livro exemplar, Benveniste diferenciou, nas línguas indo-europeias, dois modos de formação de nomes que indicam uma ação: por um lado, os nomes que exprimem uma atitude ou uma possibilidade (os nomes em *-tu*, em indo-iraniano, aqueles em *-tys*, em grego, e os em *-tus*, em latim); por outro, os nomes que indicam uma ação objetivamente efetuada (*-ti*, em indo-iraniano, *-sis*, em grego, *-tio*, em latim). Assim, em latim, *actus* indica o estado ou o modo no qual alguém ou algo se move ou pode mover-se, e *actio*, a ação objetivada; *ductus*, o modo no qual algo é ou pelo qual pode ser conduzido, e *ductio*, a ação de puxar ou conduzir; *gestus*, um modo de comportar-se, e *gestio*, a realização de uma ação (pp. 97-8). Do mesmo modo, o supino, que se forma sobre o tema em *-tu*, «exprime um valor potencial: *cubitum ire*, ir dormir, designa não uma ação realizada, mas uma virtualidade» (p. 100). Pode-se reconhecer aqui, sem dificuldade, a distinção aristotélica entre a potência e a possibilidade (*dynamis*) e o ato (*energeia*); mas, ao mesmo tempo, desenvolvendo ulteriormente as considerações de Benveniste, será possível extrair delas alguma sugestão útil para entender melhor a relação entre as categorias.

Pegue-se o termo latino *habitus*: como nome em *-tus*, ele exprime uma atitude ou uma possibilidade, mais precisamente o modo pelo qual se tem um poder ou possibilidade, e não seu exercício objetivo (ao qual corresponderia, em grego, o vocábulo *hexis*, o latim *habitio* é relativamente tardio). Compreende-se, então, por que Aristóteles, que busca pensar, com o termo *hexis* (que, como nome em *-sis*, exprime uma ação efetuada), um meio entre a potência e o ato, encontra dificuldades dificilmente superáveis. A potência, pensada segundo o modo em que a língua a apresenta a nós, não é algo não real que precede o ato no qual se realiza: ela é, ao contrário, o único modo em que podemos ter o que fazemos. Em outras palavras, podemos «ter» ações na medida em que as consideramos como realmente possíveis para nós: uma vez concebida em sua execução, a ação separa-se a tal ponto do sujeito que deve ser-lhe imputada apesar de si (é a culpa, sobre a qual se fundam o direito e a tragédia).

O hábito ou a habitude — a vida habitante que buscamos definir — neutraliza ou torna inoperante a oposição *dynamis/ energeia* — ou seja, segundo a intenção hölderliniana, que agora deveria ser-nos familiar, eles pensam os dois opostos em sua inseparável coincidência.

Em 1838, quando Hölderlin ainda morava na torre sobre o Neckar, Félix Ravaisson, que havia seguido em Mônaco os cursos de Schelling, escreve sua tese *Sobre a habitude*. Em páginas vertiginosas, que deviam suscitar a admiração de Bergson e Heidegger, Ravaisson aproxima a habitude dos segredos últimos da vida. O filósofo de 25 anos descreve com meticulosa atenção as modalidades nas quais, na habitude, a vontade trespassa insensivelmente em inclinação e em instinto, em uma progressiva degradação do esforço e da intenção que, como em Hölderlin, é, a um só tempo, passiva e ativa: «A lei da habitude não se explica senão pelo desenvolvimento de uma Espontaneidade conjuntamente passiva e ativa, que se difere em igual medida da Fatalidade mecânica e da Liberdade reflexiva» (Ravaisson, 1999, p. 135). Se, na reflexão e na vontade, nas quais habitualmente identificamos as funções superiores do homem, o fim é uma ideia que ainda não existe e que deve, portanto, ser realizada por meio da ação e do movimento, na habitude o fim confunde-se com o próprio movimento que deveria realizá-lo, e o sujeito e o objeto do pensamento indeterminam-se: «O intervalo entre o movimento e o objetivo que o intelecto representava para si diminui pouco a pouco; a distinção desvanece; o fim para o qual a ideia suscitava a inclinação aproxima-se dela, toca-a e confunde-se com ela. À reflexão que percorre e mede as distâncias dos contrários e os âmbitos das oposições, sucede, gradualmente, uma inteligência imediata, na qual nada mais separa o sujeito e o objeto do pensamento» (p. 136). Está aqui em obra uma «inteligência escura» (p. 136), na qual não só o real e o ideal, mas também a vontade e a natureza tendem infinitamente a coincidir: «A habitude é, então, por assim dizer, o *diferencial* infinitesimal, ou seja, a *fluxão* dinâmica da Vontade e da Natureza» (p. 139). Como na vida habitante de Hölderlin, que abdica do nome e da identidade, «o progresso da habitude conduz a consciência, por meio de uma ininterrupta degradação, da vontade ao instinto, da unidade completa à extrema dispersão da impessoalidade» (p. 147).

O pico inaudito da tese — ou, antes, do poema filosófico de Ravaisson — está no ponto em que a habitude revela-se como a chave para compreender as funções mais elementares da vida: «A forma mais elementar da existência, com a organização mais perfeita, é como o momento extremo da habitude, realizado e substancializado, no espaço, em uma figura sensível. A analogia da habitude penetra-lhe o segredo e entrega-nos o sentido. Até mesmo na vida múltipla e confusa do zoófito, até na planta, até no próprio cristal podem-se seguir, nessa luz, os últimos raios do pensamento e da atividade, que se dispersam e dissolvem sem se apagar, distantes de qualquer possível reflexão, nos vagos desejos dos instintos mais obscuros. Toda a série dos seres não é senão a progressão contínua das potências sucessivas de um único e mesmo princípio, que se enrolam umas sobre as outras nas hierarquias das formas de vida, que se desenvolvem em sentido inverso ao progresso da habitude. O limite inferior é a necessidade, o Destino, se se quiser, mas na espontaneidade da Natureza; o limite superior é a Liberdade do intelecto. A habitude desce de um a outro: aproxima os contrários e, aproximando-os, desvela sua íntima essência e sua necessária conexão» (pp. 148-49).

Nessa perspectiva, mesmo o amor, no qual a Vontade cede o lugar à natureza e ao desejo, é afim à habitude, que se torna algo como o fundo último da vida, que não podemos agarrar racionalmente: «É Deus em nós, um Deus escondido porque muito de dentro, nesse fundo íntimo de nós mesmos, onde nós não descemos» (pp. 152-53). E, afinal, na suprema tese ontológica que conclui o livro, a habitude identifica-se com a própria essência da substância segundo Spinoza: «A disposição em que consiste a habitude e o princípio que a gera são uma coisa só: é a lei primordial e a forma mais geral do ser, a tendência a persistir no próprio ato que constitui o ser» (p. 159). O *conatus*, a tensão pela qual cada coisa persiste em seu ser, não pode ser um ato de vontade nem a decisão arbitrária de um sujeito: não pode ser senão a habitude, uma vida habitante.

Podemos, neste ponto, tentar precisar ulteriormente o nexo entre o habitual, o habitante e o habitivo no pensamento de Hölderlin. A vida habitante de Hölderlin é habitiva, porque não consiste em uma série de ações voluntárias e imputáveis, mas é antes uma forma de vida, um ser afetado a todo instante pelos próprios hábitos das próprias habitudes. Por isso, Hölderlin, a partir de certo ponto, aceita de bom grado, como fará Walser um século depois, o diagnóstico de loucura que lhe foi dado e parece, aliás, quase intencionalmente exasperá-lo diante de seus visitantes. O louco é, por definição, privado de capacidade jurídica e, portanto, irresponsável por seus atos. Burk, Zeller e Essig sucedem-se no papel de *curator furiosi* [cuidador do louco], tratam, em seu nome, com Zimmer e sua filha, com os parentes e com o editor, das condições econômicas e dos detalhes de sua existência prática. Parece, nesse sentido, que nada mais privado do que sua existência pode ser imaginado. E, no entanto, a obstinação que ele mantém em ser chamado de «senhor bibliotecário» e de se dirigir aos visitantes com títulos que pertencem, por excelência, à esfera pública («Vossa majestade, senhor barão, Santidade») insinua, nessa vida reclusa, um pretexto de publicidade. A vida habitante de Hölderlin neutraliza a oposição entre público e privado, faz com que eles coincidam, sem síntese, em uma posição de paralisação.

Nesse sentido, sua vida habitante, nem privada nem pública, constitui, talvez, o legado propriamente político que o poeta dá ao pensamento. Também nisso está próximo de nós, nós que da distinção entre as duas esferas não sabemos mais nada. Sua vida é uma profecia de algo que seu tempo não podia de nenhum modo pensar sem ultrapassar os limites da loucura.

Uma vida semelhante não é trágica, se a tragédia, na definição canônica da *Poética* de Aristóteles, implica, antes de tudo, o caráter decisivo das ações por um sujeito («a tragédia é imitação não de homens, mas de uma ação [...] os homens não agem para imitar os caráteres, mas assumem os caráteres por meio das ações» (1450a, pp. 16-22). Se a tragédia é a esfera da ação imputável, na comédia, inversamente, o homem parece depor toda responsabilidade por suas ações. O personagem cômico age para imitar o caráter e, desse modo, abdica de toda responsabilidade pelas próprias ações, que são, afinal, somente chistes e gestos insensatos, como as cerimônias que o poeta coloca em cena para seus visitantes na torre. Se Hölderlin, em dado momento, abandona o paradigma trágico, isso não significa que ele escolhe simplesmente a forma da comédia. Pelo contrário, mais uma vez, ele neutraliza a oposição trágico/ cômico em direção a uma palavra que não é nem trágica nem cômica, mas para a qual nos faltam nomes. A habitação do homem sobre a terra não é uma tragédia nem uma comédia, é uma simples, cotidiana, banal habitação, uma forma de vida anônima e impessoal, que fala e faz gestos, mas à qual não é possível imputar ações e discursos.

A vida de Hölderlin constitui, nesse sentido, um paradigma em confronto com o qual as oposições categóricas que definem nossa cultura desfazem-se: ativo/ passivo, cômico/ trágico, público/ privado, razão/ loucura, potência/ ato, sensato/ insensato, unido/ separado. Justamente por isso, enquanto morada em um limiar indecidível, não é fácil medir-se com ela, tentar extrair-lhe um modelo. Isso é tanto mais verdadeiro quanto, segundo todas as evidências, desfaz-se, antes de tudo, a oposição entre sucesso e fracasso, quase como se o fracasso fosse, por assim dizer, descontado e, ao mesmo tempo, como o faltar dos deuses, fosse transformado em ajuda e recurso. A lição de Hölderlin é que, qualquer que seja o escopo pelo qual fomos criados, não fomos criados para o sucesso, que a sorte que nos foi destinada é fracassar — em toda arte e estudo e, antes de tudo, na casta arte de viver. E, no entanto, justamente esse fracasso — se conseguimos agarrá-lo — é o melhor que podemos fazer, assim como a aparente derrota de Hölderlin destitui integralmente o sucesso da vida de Goethe, tira-lhe toda legitimidade.

Resta que, para ele, a vida habitante é uma vida poética, que «poeticamente (*dichterisch*) habita o homem sobre a terra». O verbo alemão *dichten* deriva etimologicamente do latim *dictare*, «ditar», o qual, no momento em que os autores clássicos tinham o costume de ditar suas composições aos escribas, havia progressivamente assumido o significado de poetar, compor obras literárias. Uma vida poética, que habita poeticamente, é uma vida que vive segundo um ditado, ou seja, em um modo no qual não é possível nem decidir por nem dominar, segundo um hábito, uma «habiência» que não podemos em nenhum caso ter, mas somente habitar.

Há quase um ano vivo todos os dias com Hölderlin, nos últimos meses em uma situação de isolamento na qual nunca acreditei ter que me achar. Despedindo-me agora dele, sua loucura parece-me de todo inocente em relação àquela na qual uma sociedade inteira precipitou-se sem se dar conta. Se busco soletrar a lição política que me pareceu poder colher na vida habitante do poeta na torre sobre o Neckar, posso, talvez, por ora, somente «gaguejar e gaguejar». Não há leitores. Há apenas palavras sem destinatário. A pergunta «o que significa habitar poeticamente?» espera ainda uma resposta. *Pallaksch. Pallaksch.*

Figura 17. Retrato de Hölderlin, gravura tirada do desenho original a carvão de J. G. Schreiner (1826), *circa* 1890.

LISTA DOS LIVROS DE HÖLDERLIN NA CASA DE NÜRTINGEN

1. Textos gregos e latinos

AESCHYLUS. *Aeschyli Prometheus vinctus*. Ed. Christ. Godofr. Schütz. Halae: Jo. Jac. Curt, 1781.
ARISTOTELES. *Aristotelis de Moribus*, Libri X.
ARISTOTELES. *Aristotelis Organon*. Francofurti, 1598.
ARISTOTELES. *Aristotelis Technae Rhetoricae*, Biblia V.
BALDUS, Jacobus. *Jacobi Balde Satyrica*. 1660.
BARCLAY, John. *Jo. Barclaii Argenis*. Amsterdolami, 1671.
CAESAR, Julius C. *Caesaris Commentarii De bello Gallico et civili*. Antverpiae, Christoph. Plantini, 1585.
CHESTOMATHIA *tragica Greaeco-latina*. Goettingae.
CICERO. *M. Tullii Ciceronis De finibus bonorum et malorum*.
CICERO. *M. Tullii Ciceronis Opera omnia*. Lugduni: Sumptibus Sybillae a Porta, 1588.
EURIPIDES. 2 Tomi.
EURIPIDES. *Euripidis Resos*.
HESIODUS. 2 Tomi.
HOMERI. *Homeri Ilias graece et latine*. Hauniae et Lipsiae, 1786.
HOMERI. *Opera, graece et latine expressa*. Basileae: Emanuel Thurneysen, 1779. Tomus I (*Iliadem*).
HOMERI. *Opera, graece et latine expressa*. Basileae: Emanuel Thurneysen, 1779. Tomus II (*Odysseam*).
JUSTINIUS, Marcus J. *Justini Historiae, ad modum Minellii. In duplo*.
JUSTINIUS, Marcus J. POMPEIUS, Trogus. *Trogus, Justinus*. Vratislaviae: Fellgibel, 1660.
LUCANUS, Marcus A. *M. Annaei Lucani de bello civili*. Libri X.

MARCI *Antonini Philosophi Commentarii*. Lipsiae.
PALAEPHATUS. *Marcelli Palingenii Zodiacus Vitae*. Roterodami, 1648.
PINDARI. *Pyndari Olympia, Pythia, Nemea, Isthmia*. 1560.
PLATO. *Platonis Dialogorum Argomenta*. 1 Tomus.
PLATO. *Platonis Opera*. 12 Tomi.
PLUTARCHUS. *Plutarchi opera*. Tubingae, 1793. 4 v.
PLUTARCHUS. *Plutarchs Werke*. [griechisch].
SOPHOCLES. *Sophoclis Tragoediae septem*. Francofurti: Petrus Brubachius, 1555.
TACITUS. *Taciti Opera*. 1595.
TERENTIUS. *Publii Terentii Aphri Comoediae sex*. Biponti: Typographia Ducali, 1779-1780. Tomi II.
THEOCRITUS. *Theochriti Idyllia cum Scholis Selectis*. Ed. Fridericus Andreas Stroth. Gothae, 1782.
VIRGILIUS, Publius M.*Virgilii Maronis Opera cum annotationibus Minellii*.

2. Poesia alemã

JUSTI, Johann H. G. von [des Herrn von Justi]. *Scherzhafte und Satyrische Schriften*. Berlin, Leipzig: Johann Heinrich Rüdigers,1765. 3 v.
KLOPSTOCKS *Gelehrten Bibliothek*. 1 Theil. Hamburg, 1774.
KLOPSTOK, Friedrich G. *Geistliche Lieder*. Reuttlingen: Fleischhauer, 1780.
KLOPSTOK, Friedrich G. *Hermanns Schlacht*. Reuttlingen: Fleischhauer, 1777.
KLOPSTOK, Friedrich G. *Messias*. Reuttlingen: Fleischhauer, 1782. 3 v.
TASCHENBUCH *für Freunde des Gesanges*. Stuttgart, 1795.
WEISSE, Christian F. *Trauerspiele*. Reuttlingen: Fleischhauer, 1776.
WEPPEN, Johann A. *Weppens Gedichte*. Carlsruhe, 1783.
WIELAND, Cristoph M. *Der neue Amadis: ein comisches Gedicht in 18 Gesängen*. Carlsruhe, 1777. v. 1.
WIELAND, Cristoph M. *Musarion: ein Gedicht*. Reuttlingen: Fleischhauer, 1780.
ZACHARIAE, Justus. F. W. *Poetische Schriften von Zachariä*. Reuttlingen: Fleischhauer, 1778. v. 1, 3, 4.

3. Teologia

CHALDAISMI *Biblici Fundamenta p.p.* Tubingae, 1770.
COMPENDIUM *Theologiae Dogmaticae.* Stuttgardiae, 1782.
D. JO. *Reinhardts Christliche Moral.*
HEBRÄISCHER *Psalter,* 1556.
JOH. Gerh. *Schellers Anleitung p.p.* Halle, 1783.
NOVUM *Testamentum graecum et latinum.* Lipsiae, 1575.
NOVUM *Testamentum graecum.* 1734.
ZWEITER *Theil von Predigten über die Sonntäglichen Episteln.*

4. Filosofia

COMPENDIUM *Logicae.* Stuttgardiae, 1751.
DAS PETITIOSNRECHT *der Wirtembergischen Landstände.* 1797.
EBERHARD, Johann A. *Neue Apologie des Sokrates.* Frankfurt und Leipzig, 1787.
EBERHARD, Johann A. *Philosophische Magazin,* 1 Stück, Halle, 1788.
FICHTE, Johann G. *Grundlage des Naturrechts.* Jena, 1796.
HUMES, D. *Untersuchung über den menschlichen Verstand.* Jena: Verlag der Akademischen Buchhandlung, 1793.
JACOBI, Friedrich H. *Über die Lehre des Spinoza in Briefen an den Hern M. Mendelsohn,* Breslau: Löwe, 1789.
KANT, Immanuel. *Critik der reinen Vernunft.* Riga: Johann Friedrich Hartknoch, 1790.
KANT, Immanuel. *Critik der Urtheilskraft.* Frankfurt und Leipzig, 1792.
MAUCHART, J. D. *Allgemeines Repertorium für empirische Psychologie etc.* Nürnberg, 1792.
SCHELLING, Firedrich W. J. *Ideen zu einer Philosophie der.* Leipzig, 1797.
SCHELLING, Firedrich W. J. *Vom Ich als Prinzip der Philosophie.* Tübingen, 1795. 2 v.
SCHLEIERMACHER, Friedrich. *Uber die Religion. Reden an die Gebieldeten unter ihren Verächtern.* Berlin, 1799.
VERULAMIO, Franc. Baco de. *Liber de sapientia veterum.*

5. Filologia, Dicionários, Gramáticas

DANZ, Johann A. *Danzii sive Compendium Grammaticae ebraeo-chaldaicae*. Editio sexta. Jenae.

DICTIONARIUM *Historicum ac poëticum*. 1615.

ERNST, Johann A. *Jo. Augusti Ernesti Clavis Ciceroniana*, sive indices rerum et verborum... Halae: Imprensis Orphanotrophei, 1769.

ESCHENBURG, Johann J. *Handbuch der klassichen Literatur*. Berlin und Stettin: Friedrich Nicolai, 1801.

GARTHURTHIUS *olim bilinguis jam trilinguis sive Lexicon Latino-Germanico- -Graecum*. Norimbergae, 1658.

GRIECHISCH-*Deutsches Handwörterbuch zum Schulgebrauch*. Leipzig: E. B. Schwikkert, 1784.

PINDAR. *Olympische Siegeshymnen*. Verdeutsch von Friedrich Gedike. Berlim, Leipzig: George Jacob Decker, 1777.

RAMSLER, Johann F. *Griechische Grammatik*. Stuttgart: Mezler, 1767.

SCHNEIDER, Johann G. *Versuch über Pindars Leben unf Schriften*. Strasburg: Stein, Heitz, 1774.

SUPPLEMENTE *p. zum Griechisch-deutschen Handwörterbuch*. Leipzig, 1788.

VENERONI, Johannes. *Dictionarium Caesareum, in quo quattuor principaliores Linguae Europae explicantur*. Metternich, 1766.

BIBLIOGRAFIA

Para a crônica da vida de Hölderlin, remeta-se aos volumes citados na advertência, sem mencionar todas as vezes a fonte. Damos aqui a bibliografia dos livros citados, na ordem em que aparecem no texto.

SEIBT, Gustav. *Anonimo romano. Scrivere storia alle soglie del Rinascimento.* Roma: Viella, 2000.

SCHWAB, C. T. «Hölderlin's Leben». *F.H.'s Sämmtliche Werke*, Stuttgart-Tübingen, 1846.

«EINE Vermuthung, erzählt von Moritz Hartmann». *Freya, Illustrierte Familien-Blätter*, 1, 1861.

HELLINGRATH, Norbert von. «Hölderlins Wahnsinn». In: HELLINGRATH, Norbert von. *Zwei Vorträge*: Hölderlin und die Deutschen; Hölderlins Wahnsinn. München: Bruckmann, 1922.

BERTAUX, Pierre. *Friedrich Hölderlin.* Frankfurt am Main: Suhrkamp, 2000.

BENJAMIN, Walter. «Die Aufgabe des Übersetzers». In: BENJAMIN, Walter. *Gesammelte Schriften.* Frankfurt am Main: Suhrkamp, 1972. v. IV, 1.

THEUNISSEN, Michael; PINDAR. *Menschenlos und Wende der Zeit.* München: Beck, 2000.

CHRISTEN, Felix. *Eine andere Sprache.* Schupfart: Engeler, s.d.

SCHADEWALDT, Wolfgang. «Hölderlins Übersetzung des Sophokles». In: SCHMIDT, Jochen (Hrsg.). *Uber Hölderlin.* Frankfurt am Main: Insel, 1970.

VENUTI, Lawrence. *The translator invisibility. A History of translation.* London, New York: Routledge, 1995.

SCHMIDT, Jochen. In: HÖLDERLIN, Friedrich. *Sämtliche Werke.* Ed. Jochen Schmidt. Frankfurt am Main: Deutscher Klassiker, 1990. v. 2.

BINDER, Wolgang. *Hölderlin und Sophokles*, Hölderlinturm, Tübingen 1992.
CARCHIA, Gianni. *Orfismo e tragedia*. Macerata: Quodlibet, 2012.
HEGEL, Hannelore; SINCLAIR, Isaac von. *Zwischen Fichte, Hölderlin und Hegel*. Frankfurt am Main: Klostermann, 1971.
HÖLDERLIN, Friedrich. *Der Tod des Empedokles*. Ed. F. Beissner. Stuttgart: 1962. v. 4. (Kleiner Stuttgart Ausgabe).
WAIBLINGER, Wilhelm. F. *Hölderlins Leben, Dichtung und Wahnsinn*. Leipzig, 1831; In: HÖLDERLIN, Friedrich. *Sämtliche Werke, Kritische Textausgabe*. Ed. D. E. Sattler. Darmstadt: Luchterhand, 1984. v. 9. (trad. it. W. Waiblinger, *Hölderlin*, Milano: SE, 1986).
HEGEL, G. W. F. *Estetica*. Torino: Einaudi, 1967.
SCHLEGEL, Friedrich. *Kritische Ausgabe, Charakteristiken und Kritiken*. München-Paderborn-Wien: Schöningh, 1967. v. 2.
SCHILLER, Friedrich. «Uber naive und sentimentale Dichtung». In: SCHILLER, Friedrich. *Sämtliche Werke*. München: Hanser, 1962b. v. 5.
KRAFT, Stephan. *Zum Ende der Komödie: Eine Theoriengeschichte des Happyends*. Göttingen: Wallstein, 2012.
PORTERA, Mariagrazia. *Poesia vivente. Una lettura di Hölderlin*. Palermo: Aesthetica Preprint, Supplementa, 2010.
HÖLDERLIN, Friedrich. *Übersetzungen*. Stuttgart: Kohlhammer, 1954. v. 5. (Kleiner Stuttgart Ausgabe)
STAIGER, Emil. *Grundbegriffe der Poetik*. Zurich: Atlantis Verlag, 1946.
FRANZ, Michael. (1806). In: *Le pauvre Holterling, Blätter zur Frankfurter Ausgabe*. Frankfurt: Rote Stern, 1983.
KNAUPP, Michael. «Scaliger Rosa». In: *Hölderlin Jahrbuch*, n. 25, 1986-87.
SCHLEGEL, Friedrich. *Kritische Ausgabe*. v. 9.
HAMACHER, Werner. *Entferntes Verstehen*. Frankfurt am Main: Suhrkamp, 1998.
BENVENISTE, Émile. «Supinum», *Revue philologique*, n. 58, 1932, p. 136-37.
BENVENISTE, Émile. *Noms d'agent et noms d'action en indoeuropéen*. Paris: Maisonneuve, 1948. pp. 100-1.
BARWICK, Carl. *Flavii Sosipatri Charisii Artis gramaticae libri v*. Ed. C. Barwick. Leipzig, 1925.
DELBRÜCK, Berthold. *Vergleichende Syntax der indogermanischen Sprache*. Strassburg: Trübner, 1897. v. 2.

SCHILLER, Friedrich. «*Über die ästhetische Erziehung des Menschen in einer Reihe von Briefen*». In: SCHILLER, Friedrich. *Sämtliche Werke*. München: Hanser, 1962a. v. 5.

BIRAN, Maine de. «Mémoire sur la décomposition de la pensée». In: BIRAN, Maine de. *Oeuvres*. Ed. F. Azouvi. Paris: Vrin, 1988. t. 3.

HAMACHER, Werner. *Two studies of Hölderlin*. Stanford: Stanford University Press, 2020.

RAVAISSON, Félix. *De l'Habitude. Metaphysique et morale*. Paris: Presses Universitaire de France, 1999.

NOTA DO AUTOR

A impossibilidade, que ainda perdura, de realizar pesquisas nas bibliotecas, enquanto é possível o acesso livre aos supermercados, não permitiu identificar e especificar todas as fontes que se gostaria de incluir, em particular para as ilustrações.

LISTA DE ILUSTRAÇÕES

1. Retrato de Hölderlin aos 16 anos, desenho a lápis de cor, 1786.
Stuttgart, Württembergische Landesbibliothek, Hölderlin Archive.

2. Anônimo, *Vista da cidade de Tübinger*, aquarela e têmpera, metade do séc. XVIII.
Marbach am Neckar, Schiller-Nationalmuseum.

3. Salvo-conduto da polícia de Bordeaux, 1802.
Stuttgart, Württembergische Landesbibliothek.

4. A torre sobre o Neckar, em uma fotografia de Paul Sinner, 1868.
(Foto © Alamy / Ipa Agency).

5. Dedicatória de *Hipérion* a Susette Gontard, 1799.
Marbach am Neckar, Schiller-Nationalmuseum.

6. Frontispício de *Die Trauerspiele des Sophocles*, Frankfurt, 1804.

7. Favorin Lerebours, *Retrato de Isaac von Sinclair*, óleo sobre tela, 1808.
Bad Homburg v. d. Höhe, Museum Gotisches Haus. (Foto © The History Collection/ Alamy/ Ipa Agency).

8. Anônimo, silhueta de Hölderlin, 1795.
(Foto © Akg Images / Mondadori Portfolio).

9. Decreto de Napoleão que concede a Legião de Honra a Goethe, 12 de outubro de 1808.

10. Wilhelm Waiblinger. *Autorretrato*, desenho, 1825.
Marbach am Neckar, Schiller-Nationalmuseum. (Foto © Akg-images / Mondadori Portfolio).

11. J. G. Schreiner e R. Lohbauer, *Retrato de Hölderlin*, desenho, 1823.
Marbach am Neckar, Schiller-Nationalmuseum. (Foto © Akg-images / Mondadori Portfolio).

12. Capa da edição das poesias de 1826.

13. Estema da família Hölderlin (com um ramo de sabugueiro, em alemão: *Holder*).

14. Assinatura Scardanelli em uma poesia (1841?).
Marbach am Neckar, Schiller-Nationalmuseum.

15. L. Keller. *Retrato de Hölderlin*, desenho, 1842.
Marbach am Neckar, Schiller-Nationalmuseum.

16. Texto assinado Scardanelli na cópia de C. T. Schwab da *Poesia* de 1826.
Marbach am Neckar, Schiller-Nationalmuseum.

17. Retrato de Hölderlin, gravura tirada do desenho original a carvão de J. G. Schreiner (1826), *circa* 1890.
(Foto © Akg Images / Mondadori Portfolio).

PRE-TEXTOS

1 Massimo Cacciari
Duplo retrato
2 Massimo Cacciari
Três ícones
3 Giorgio Agamben
A Igreja e o Reino
4 Arnold I. Davidson, Emmanuel Lévinas, Robert Musil
Reflexões sobre o nacional-socialismo
5 Massimo Cacciari
O poder que freia
6 Arnold I. Davidson
O surgimento da sexualidade
7 Massimo Cacciari
Labirinto filosófico
8 Giorgio Agamben
Studiolo
9 Vinícius Nicastro Honesko
Ensaios sobre o sensível
10 Laura Erber
O artista improdutivo
11 Giorgio Agamben
Quando a casa queima
12 Pico della Mirandola
Discurso sobre a dignidade do homem
13 João Pereira Coutinho
Edmund Burke — A virtude da consistência
14 Donatella Di Cesare
Marranos — O outro do outro
15 Massimo Cacciari
Gerar Deus
16 Marc Fumaroli
O Estado cultural
17 Giorgio Agamben
A loucura de Hölderlin – crônica de uma vida habitante 1806-1843

Composto em Noe Text
Impresso pela gráfica Rede
Belo Horizonte, 2022